ISBN 3-373-00235-4

1. Auflage 1988

Lizenz-Nr. 400/16/88
LSV 7001
Einband: Gerhard Medoch
Typographie: Gabriele Schauß
Gesamtherstellung:
Offizin Andersen Nexö, Graphischer Großbetrieb,
Leipzig – III/18/38
Best.-Nr. 696 917 5
00780

# DER SÜNDENFALL

## I

Die Gemeinde Groß-N. zählte 1945 etwa zweitausend Einwohner, soviel wie heute in einem großstädtischen Hochhauskomplex untergebracht werden können. Der Ort zerfiel räumlich und sozial in zwei Hälften, das Dorf und die Siedlung. Landwirtschaftliche Nutzflächen fehlten der Siedlung, dafür hatte sie die schönere Umgebung zwischen einem See und einem Fluß. Ein breiter Streifen Niederung, der seltenen Wasservögeln, Lurchen und Schlangen Lebensraum bot und den Fressern dieser Tiere – Storch, Weihe und Reiher –, machte sie zu einem malerisch schönen Ort. Die eigenartige Natur des Flußgebietes hatte die Siedlung überhaupt erst entstehen lassen. Anfang der dreißiger Jahre siedelten hier vereinzelt Großstädter, bauten Lauben und kleine Wochenendhäuser, zäunten Parzellen ein und verbrachten ihre freie Zeit in den Gärten und am See. Elektrisches Licht galt als Luxus und gutes Wasser, das aus kleinen Brunnen von Hand gepumpt wurde, als ein Segen.

Diese Verhältnisse blieben im großen und ganzen bis ins Jahr 1960 erhalten. Zwar wurde im Dorf eine Genossenschaft gegründet, aber nur wenige Bauern traten ihr bei; die Mehrzahl arbeitete in der herkömmlichen Weise, verkaufte Holz aus eigenen Wäldern, wenn die Ernte schlecht ausfiel, und züchtete Schlachtvieh.

Zwischen dem Dorf und der ungefähr zwölf Kilometer entfernten Kleinstadt verkehrte seit den zwanziger Jahren ein Autobus; zuerst ein postalischer, dann erhielt ein Fuhrunternehmer die Konzession. Der Autobus

transportierte Dörfler wie Siedler bis zur Bahnstation der Kleinstadt, von dort bestand eine Eisenbahnverbindung zur Großstadt R.

Die Flächenbombardements machten zahlreiche Menschen obdachlos. Wer konnte und schon vor dem Krieg hier Wochenendbehausungen besessen hatte, zog sich ganz nach Groß-N. zurück, um das Ende des Krieges abzuwarten. Die zur Arbeit Verpflichteten mußten allerdings weite Wege zu ihren Dienststellen in Kauf nehmen, ein Ausweg in auswegloser Lage. Die Zeit unmittelbar nach dem Kriege änderte diese von selbst entstandenen Bedingungen nicht sogleich, obschon viele der in Lauben und Holzhütten mehr schlecht als recht Lebenden gern wieder in die Stadt zurückgegangen wären; sie galten als Landbevölkerung, erhielten Lebensmittelkarten, aber die niedrigsten Rationen, und standen furchtbare Winter durch, ohne feste Häuser, ohne Kohlen, die der Landbevölkerung verweigert wurden. Wem es möglich war, der versuchte sich selbst zu helfen, fing an, den Garten besser zu bestellen, düngte, säte und pflanzte Kartoffeln, züchtete oder hielt zumindest Kleinvieh, Hühner, Kaninchen, Enten. Manch einer rang der Natur seinen Lebensunterhalt ab, aber ringen ist der falsche Ausdruck, die Natur spendete nach den ihr eigenen Regeln. Trockenheit, Kälte und Unwetter machten häufig alle Bemühungen zunichte. Andererseits gab es auch reiche Ernten. So wurden aus den Stadtflüchtlingen Seßhafte, die in der Umgebung Arbeit fanden. Später waren sie eine Bereicherung für die umliegenden Ortschaften, lebten nebeneinander und miteinander, in Friede und Streit, und wenn es stimmt, daß in solch kleinen menschlichen Gemeinschaften alle Wege überschaubarer sind als in der Stadt, so war Groß-N. ein Beleg dafür.

Überschaubar ist das Leben in Dorf und Siedlung ge-

wesen. Jeder wußte, was jeder tat, wovon und wie er lebte; Toleranz erzeugte diese Kenntnis aber nicht. Viel gefehlt hätte nicht, und die Bewohner der Gemeinde Groß-N. wären mit Axt und Schwert aufeinander losgegangen, wie in alten Zeiten, um ihre Konflikte zu lösen. Es geschah genug, was erzählenswert ist, so idyllisch fossil wie die Natur war auch die Menschenwelt dieser Gegend in der Zeit, in der unsere Geschichte beginnt.

In der Siedlung lebte ein Mann. Er war gegen Ende des Krieges in eines der Häuser gezogen, weil er seine Stadtwohnung verloren hatte. Von Beruf Handwerker, schon nicht mehr jung und schwerverwundet aus dem Krieg entlassen, mußte er als Dienstverpflichteter in einer der nahe gelegenen Fabriken arbeiten. Nach dem Krieg änderte sich daran nichts, morgens fuhr er mit dem Bus, mit der Eisenbahn in den nun schon volkseigenen Betrieb, abends machte er dieselbe Tour zurück. Er bestellte seinen Garten, zog Kleinvieh, besserte an seinem Haus herum und reparierte nebenbei die Maschinen der Bauern. Diese mochten ihren Hermann Zander wegen seiner Gewissenhaftigkeit, seines Fleißes und seiner Erfindungsgabe. Leicht hätte er sich selbständig machen können. Mit einem Reparaturbetrieb wäre er gut gefahren, zumal er bald nach dem Krieg eine Frau genommen hatte, die zu ihm paßte wie keine zweite. Eine ihm selbst nicht ganz erklärliche Furcht oder Zukunftsangst hielt ihn ab, seine sichere Stelle in der Fabrik gegen das unsichere Leben eines Selbständigen einzutauschen. Es gab noch ein Hindernis. Gegen Ende des Jahres 1945 war Zander in die Kommunistische Partei eingetreten; er hatte geglaubt, in dieser Partei und mit ihr in eine bessere Zukunft zu *marschieren*, und darüber nachgedacht, ob und wieviel Schuld an der Hitlerherrschaft und am Krieg ihn traf, und war zu dem Schluß gekommen, daß

die Kommunisten am saubersten dastanden. Wie die neue Welt, die sie versprachen, aussehen würde, das konnte sich Zander nicht ganz vorstellen. Zunächst tat er, was ihm die Partei sagte, ohne zu prüfen, wieviel daran richtig und wieviel falsch, wenn überhaupt etwas falsch war. Er trieb im Strom der Zeit mit denen, die auch entwurzelt waren und neuen Grund suchten.

Er kannte noch die Jahre der Weimarer Republik mit ihren Parteien und Auseinandersetzungen. Damals war er nicht auf den Gedanken gekommen, sich einer der Parteien anzuschließen. Ihn verwirrten das ihm unerklärliche Chaos in der Politik und die Gewalttätigkeiten. Die Krise 1929 machte ihn, den zwanzigjährigen Werkzeugmacher, nicht brotlos. Er hatte Glück, aber von der Sache selbst, der sozialen Katastrophe, der Massenarbeitslosigkeit, begriff Zander nicht viel. Mit der Regierung Hitler – es sind immer Namen, die im Gedächtnis bleiben, nicht die Systeme – sah Zander endlich Ordnung einziehen. Der Partei Hitlers trat er nicht bei, aber er hielt sich an diesen Reichskanzler. Im Krieg, der bald darauf ausbrach – für Menschen wie Zander bricht immer aus, was nicht vorhergesehen wird –, zog er nach Polen, trug als Dreißigjähriger sein Feldgrau nach Frankreich, wurde bei Kertsch schwer verwundet und nach langem Lazarettaufenthalt aus der Wehrmacht entlassen. Bald darauf kam er nach Groß-N.

Etwas tat er nicht, er nahm kein Land aus dem Bodenfonds, wie ihm geraten worden war, er lehnte es ab, Bauer zu werden. Zander fühlte sich als Handwerker, und er verfügte auch über alle guten Eigenschaften eines Handwerkers. Im Laufe der Zeit eignete er sich gleichsam nebenher Kenntnisse über landwirtschaftliche Maschinen an, baute um, konstruierte und erhielt am Leben, was ohne ihn auseinandergefallen wäre. Mitte 1950 entstand die Genossenschaft in Groß-N., Zander konnte

kein Mitglied werden, dazu hätte er einen Anteil einbringen müssen, den er nicht besaß, aber er übernahm die Reparaturwerkstatt als Leiter. Für die bäuerlichen Genossenschaftler wie für die selbständig gebliebenen Universalbauern – bis 1960 gab es noch welche in Groß-N. – war Zander unbezahlbar, denn es mangelte an allem, jede Schraube war kostbar, jeder Reifen eine Rarität.

In freien Stunden war Hermann Zander ein geselliger Mensch, der gern Leben um sich hatte, und gutmütig wie häufig in sich ruhende Leute mit beschränktem Aufnahmevermögen. Er wirkte männlich; bei den geltenden Wertvorstellungen auf dem Lande mußte Zander auffallen. Körperbau und Gesichtsausdruck – Zander war groß und kräftig, hatte blaue Augen und dichte schwarze Brauen bei vollem, ergrautem Haupthaar – paßten in die Vorstellungen der Bauern von einem Könner. Immer sauber gekleidet, mäßiger Trinker, war er auch von den Frauen geachtet.

Zanders erste Frau und seine beiden Kinder waren in der Stadtwohnung verbrannt; diese Nachricht erhielt er während seiner Genesung im Lazarett. Nach seiner Entlassung aus der Wehrmacht versuchte er gar nicht mehr, in der Stadt ein Quartier zu bekommen, sondern ging nach Groß-N.; dort fand er seine zweite Frau unter den Flüchtlingen aus dem Osten. Das Dorf mußte einige Familien aufnehmen, aber die Bauern wehrten sich jäh und oft erfolgreich gegen die unliebsamen Einquartierungen. Die leerstehenden Wochenendhäuser in der Siedlung boten denen eine notdürftige Bleibe, die anderswo nicht untergekommen waren. Zander nahm eine alte Frau und deren Tochter auf. Sein Haus hatte zwei Zimmer, eine Küche und eine Veranda, die im Winter eiskalt war. An Sachen besaßen die Frauen, was in einen Koffer und

einen Persilkarton hineinging. Die alte Frau lebte nur noch ein paar Monate; sie wurde auf dem Dorffriedhof beigesetzt. Kurz danach heiratete Zander die junge Frau. Georg wurde 1946 geboren, er blieb das einzige Kind dieser Ehe.

Maria Zander, geborene Klett, war etwas kleiner als ihr Mann, also von Mittelgröße. Ihr rundes weiches Gesicht wäre eines vom Dutzend gewesen ohne den Ausdruck heiterer Sinnlichkeit. Es ist schon vorstellenswert: Da lebte einer mit Frau und Kind so um die frühen Fünfziger in einer *ordentlichen* Welt, in der er sich als Herr fühlte. Frau und Sohn waren ihm zwar nicht untertan, standen aber seiner Anschauung nach in der Rangfolge unter ihm. Er herrschte; trotzdem waren sie glücklich oder doch zufrieden mit ihrem Leben. Es hätte ihnen schlechter gehen können, als es ihnen ging. Geld bedeutete beiden viel, aber nicht alles. Zu kaufen gab es ohnehin nichts. Er half, sie half, Freundschaft war noch nicht zur Beziehung verkommen, der Vorstufe zur Korruption. Sie brauchten nicht viel, wünschten nicht, was sie nicht haben konnten, und erwarben unter Anstrengung, was sie brauchten. Zum Beispiel bauten sie lange an dem Haus herum. Wem das Wort Glück zu abgegriffen ist oder unpassend für diese kümmerliche Eintracht, der möge ein anderes für den Zustand finden, in dem die Familie Zander lebte.

Mittelpunkt ihres Interesses wurde mehr und mehr Georg; das Bürschlein regierte in Haus und Garten, wie Spätgeborene und Einzige regieren. In althergebrachter Weise fürchtete die Mutter um seine Gesundheit, obschon es keinen Grund zur Besorgnis gab. Dem Vater lag die geistige, und das heißt hier die moralische Entwicklung des Jungen am Herzen. Er sollte nicht hinter dem zu fordernden Maß an Verstand, Geschicklichkeit,

VdN

Helmut H. Schulz

# DER SÜNDENFALL

Zwei Erzählungen

Verlag der Nation Berlin

an Ehrgefühl und männlichem Mut zurückbleiben. Georg aß und trank und wuchs und lernte leicht, was ihm vom Vater gezeigt wurde. Allerdings war er ohne Konkurrenz im Wohnhaus und in der häuslichen Werkstatt und späterhin auch unter den Kindern des Dorfes. Nicht immer mag diese Art Erziehung anschlagen; trägere Kinder brauchen vielleicht andere Eltern.

Jedes Haar hat seinen Schatten, jede Ameise ihren Zorn. Daher war auch den ordentlichen Zanders kein ungetrübtes Glück beschieden, und da wir bei den Kernsprüchen sind, es kann der Frömmste nicht in Frieden leben, wenn's dem bösen Nachbarn nicht gefällt. Ausgerechnet diesen Pedanten waren Nachbarn gegeben worden, die alle fünfe gerade sein ließen. Stand Zanders Haus sauber verputzt, mit neuen Schornsteinköpfen und weißlackierten Fensterrahmen da, war der vordere Teil ihres Gartens immer gepflegt und der hintere wenigstens aufgeräumt, hielt sich das Zandersche Kleinvieh in Volieren und Ställen auf, so hing bei Behrends der Schornstein schief über dem Dachgiebel, senkte sich der Firstbalken, Ziegel lösten sich, Farbe blätterte von den Holzrahmen. Behrends Hühner suchten sich Schlupflöcher im Zaun und drangen in Zanders Garten ein; sie scharrten Pflanzen und Blumen heraus.

Behrend hatte es mit Frau und Kindern auf ähnliche Weise in die Siedlung verschlagen wie Maria Zander, allerdings etwas später. Der aus dem Sudetenland vertriebene Bauer bekam 1946 Land aus dem Fonds der Bodenreform, erhielt eine Kuh, etwas Hausrat und Gerät. Als Landwirt, als Neubauer, wurde ihm zunächst viel geholfen, mit Geld und Saatgut. Das aber hörte bald auf, und Behrend war nicht geschickt genug, nicht genug rechnender Bauer, um sich unter diesen Bedingungen selber aus dem Dreck zu ziehen. Er war ein knochiger, kleiner Kerl von sanguinischem Temperament, liebte Bier und Schnaps. Seine beiden Söhne leisteten ihm beim Trinken Gesellschaft, als sie das Alter erreicht hatten und dem Vater als Saufkumpane beistehen konnten.

Zuerst war die Reaktion der Zanders auf die Nachbarn nachsichtig. Daß die Hühner gelegentlich bei ihnen Schaden anrichteten, wollten sie nicht überbewerten. Zander sprach Behrend an, bat ihn, seinen Zaun zu reparieren oder die Hühner einzusperren. Behrend versprach es, lamentierte herum, er habe alles verloren und müsse sich erst wieder zurechtfinden; ihm, dem Heimatvertriebenen, fehle es an Werkzeug und Material, auch an Geld. Zander hörte sich dieses Gerede ruhig, nicht ohne Verständnis und Mitgefühl an und erbot sich zu helfen. Von gleich und sofort war bei Behrend keine Rede, dagegen viel von morgen und übermorgen. Aber er lud den Nachbarn zu einem Schluck ein, wenn man schon mal dabei war, Brüderschaft zu schließen. Es war ein Sonntag, und Zander wollte nicht für hochnäsig gelten; er trank aus der hingehaltenen Flasche. Dann wurden die Frauen gerufen. Bald aber ging jeder wieder in sein Haus. Bei den Zanders war man sich einig, daß dieser krumme Vogel nicht recht in die nördliche Gegend passe. Keineswegs könne von Freundschaft die Rede sein. Nicht von Freundschaft, aber auch nicht mehr vom Zaun wurde geredet, bis Zander eines Tages eine Rolle Draht nahm, Holzpfähle einbuddelte und die Seite zum Nachbarn sicherte. Mit Dank hatte er nicht gerechnet, war aber doch erstaunt, als sein Nachbar vieles daran auszusetzen fand, vor allem aber versicherte, er verfüge im Augenblick nicht über die Mittel, den Maschendraht zu bezahlen. Hierauf sagte Zander, er habe auch nicht mit Bezahlung gerechnet. Er lachte zwar über die Dummheit und Frechheit des kleinen krummen Kerls, aber er ärgerte sich doch und schwor sich, nie mehr in dieser Weise einzugreifen, wenn es sich vermeiden ließe.

Der Mangel an Können und Wissen, die innere Haltlosigkeit bei Behrend gingen bis zur Unfähigkeit zu planen. Um seine Lage zu verbessern, erfand er immer neue Rezepte; mal züchtete er Tauben, die sich einem wilden Schwarm anschlossen und auf Nimmerwiedersehen verschwanden, ein andermal kaufte er Ponys, wollte die Nachzuchten an den Zirkus verkaufen, und ähnliches mehr, was Anlaß zum Spott gab. An und für sich waren manche seiner Unternehmungen wirklich gut und hätten Geld einbringen können, wäre Behrend geduldiger gewesen. Diesem kleinen Klaus Behrend mißlang stets, was dem großen Klaus Zander Gewinn einbrachte. Behrend beklagte sich viel, und Zander konnte ihm auch nicht ausweichen, dazu war der kleine krumme Kerl einfach zu komisch. Die Familien redeten kein überflüssiges Wort miteinander, aber sie redeten das Notwendige unter Nachbarn.

Behrend trat sofort nach ihrer Gründung der Genossenschaft bei, schon deshalb, weil sie etwas Neues war und er überall mitreden wollte, aber seine Lage besserte sich vorerst nicht, es änderte sich nur etwas an dem Verkehr der Familien untereinander. Bislang hatte Zander seinem Nachbarn aus dem Wege gehen können, wenn er es wollte; ab jetzt traten die beiden in eine neue Beziehung zueinander. Was Behrend im kleinen getan oder unterlassen hatte, das betrieb er jetzt im großen. Nur, im kleinen konnte Zander nachsichtig sein und die Sache mit einer Rolle Draht aus der Welt schaffen, im großen bedeutete die Schlamperei eine schrottreif gefahrene Maschine, und da hörte für Zander der Spaß auf.

Behrend sagte, daß sein Nachbar ein schlauer Hund sei und sich hübsch von der Genossenschaft ferngehalten habe und die Bauern zahlen lasse. Denn Zander würde als Angestellter geführt und bekäme seinen Lohn in voller Höhe, gleich, ob die Genossenschaft verdiene oder zulege.

Plötzlich verschwand Behrend. Er versuchte in Hessen als Bauer Fuß zu fassen und scheiterte. Seine beiden Söhne verdingten sich als Knechte, er aber kehrte zurück und wurde als Lehrbeispiel für das *westliche Bauernlegen* in der Versammlung herumgereicht. Das viele Geschrei und das viele Bier hoben seine Stimmung. Er bekam sein Eigentum zurück und erneut eine Starthilfe.

Die Feindschaft zwischen den Männern hielt sich in Grenzen; es war eine, die sich hinter blanker Freundlichkeit versteckte. Trotz aller Beteuerungen brachten die Behrends nie ohne Mahnung etwas zurück, und dann war das Werkzeug verbogen, verrostet oder entzwei, was den gelernten Werkzeugmacher Zander besonders schmerzte. Schließlich hielt er sich für Behrend ein Lager ausrangierten Werkzeugs, und Maria Zander verschenkte zuletzt lieber zehn Eier, als daß sie borgte und sich hinterher ärgerte, weil die Nachbarin nichts zurückgab. Es ging ja weder um Eier noch um Werkzeug, die Feindschaft hatte tiefere Ursachen. Sie lag im Hochmut der Zanders begründet, die sich für sauberer, redlicher und besser hielten als die Behrends, welche ihrerseits an der ihnen geläufigen Sorglosigkeit im Leben und einer gewissen Schlamperei festhielten. Bösartig oder berechnend war daran zunächst nichts. Alles wurde vom Augenblick dirigiert, allerdings vergaßen weder die Behrends noch die Zanders eine angetane Schmach. Sie waren beide nachtragend und von verletzbarem Stolz.

Noch spät war den Behrends ein Mädchen geboren worden, 1952, Barbara, im Suff gezeugt, behauptete Maria Zander. Wenn Barbara wirklich ein Unfall im Schnapsrausch gewesen sein sollte, so war ein Wunder geschehen. Das Ding stellte sich schnell auf eigene Füße, war lang bezopft, hatte Augen von der Farbe reifer dunkler Kirschen und einen beweglichen zierlichen Körper, wenn wir die Jahre ihrer Kleinkinderzeit überspringen. Allzuviel Sorgfalt wendeten die Behrends für ihre Erziehung nicht auf, aber Barbara dankte ihnen jeden trockenen Kanten Brot und jeden Katzenkopf mit blühender Frische.

## 2

Dieser Fall, der drei Gerichte beschäftigte, entwickelte sich gleichsam von selbst. Als Barbara eingeschult wurde, zählte Georg bereits zwölf Jahre. Dank seiner Erziehung durch die Eltern und einsichtsvolle Lehrer, vor allem aber dank seiner Veranlagung würde er dem Dunstkreis des Dorfes entwachsen, vielleicht einmal studieren. Wir befinden uns im Jahr 1958, also in der Zeit, da sich die Verhältnisse auf dem Lande im Übergang vom Universalbauernstand zum Genossenschaftsbauern befanden, das heißt, den Behrends ging es zwar nicht schlecht, aber auch nicht gut. Zander schien es dagegen vorherbestimmt, durch Fleiß und Ausdauer zu bescheidenem Wohlstand zu kommen. Zwischen den Kindern der verfeindeten Familien wirkten sich die Gegensätze der Familien nicht aus. Eigenartigerweise sorgte sich Maria Zander in dieser Zeit noch um das Nachbarskind; sie glaubte, daß Barbara von der Mutter vernachlässigt werde. Ja, sie hielt die Eltern überhaupt für unfähig, Kinder zu erziehen. Ob ein Gefühl des Benachteiligtseins mitschwang, wer weiß das? Frau Zander hatte sich immer ein zweites Kind gewünscht. Den Behrends hatte die unberechenbare Natur drei Kinder gegeben. Beide Zanders waren zu gerecht, um ihren Zorn auf das jüngste Kind der Behrends auszudehnen. So kam es, daß Barbara bei den Zanders ein und aus ging und sich manches herausnahm; um diese Besuche kümmerten sich die Behrends nicht, wie sie überhaupt das Kind wenig beaufsichtigten. Barbara wurde also eingeschult, und nun schien sich das Erbe der Behrends zu zeigen; das lebhafte Mädchen war lernschwach, es kam nicht mit, zappelte im Unterricht herum und war mit allem möglichen beschäftigt. Georg und Barbara gingen vorerst in dieselbe Schule. Die Kleine wartete auf den großen Nachbarssohn und trabte neben ihm her auf staubigen, nassen oder gefrorenen Wegen die zwei Kilometer bis ins Dorf. Sie redete, er hörte schweigend zu. An manchen Nachmittagen erschien sie bei den Zanders, um mit seiner Hilfe ihre Schularbeiten zu erledigen, schrieb ein bißchen unter Georgs Aufsicht, nahm seinen Katzenkopf gleichmütig hin und bot ihm in den Pausen, wenn Frau Zander ihr Kuchen oder Marmeladenbrote und Tee oder Malzkaffee gab, Geschichten an.

«Gestern ist ein Mann am Fluß gewesen, der war im Gesicht ganz schwarz. In jeder Tasche hatte er Katzen und ...»

Selten brachte sie ihre Einfälle in eine Fabel und damit zu einem Ende. Georg sah auf die tintenbekleckstenFinger, das tintenbekleckste Papier und stieß einen Seufzer aus.

«Fehlt dir was, Bruder Tier?»

Sie bezog alle Märchen, die sie kannte, in ihr Leben ein, und diese Fähigkeit überraschte und ärgerte ihn. Aus Märchen oder Sagen konnte er keinen Übergang zum Leben finden, er hielt sich an die Welt, die sich begreifen ließ. Er empfand etwas wie Scham gegenüber all den unbegreiflichen Wundern der ihm fremden Märchenwelt. Was ihn, den Zwölfjährigen, störte, war, daß Barbara ihre Erfindungen für bare Münze ausgab. Lüge, Wahrheit, Zerstörung und Schöpfertum waren ihm noch verschlossene Begriffe, aber er erlag der Suggestion ihrer Stimme und ihrem Mienenspiel. Andererseits gefiel ihm nicht, daß sie sich in ihre Rollen hineinlebte bis zu ihm idiotisch vorkommenden Exzessen; steif und fest behauptete sie, eine Kuh zu sein, verfolgte ihn muhend und stelzend und gab sich sogar einen Namen, Frau Bilap. Eine Frau Bilap, allgemein als Kuh bezeichnet, sollte einmal im Dorf gelebt und einen Kramladen besessen haben. Verärgert spottete er: «Die Kuh Frau Bilap? Also bist du ein Rindvieh!» Da sie ihn weiter verfolgte, bewarf er sie aufgebracht mit Erdklumpen und trieb sie hinter den Behrendschen Zaun zurück.

Maria Zander war sich nie ganz klar, wie sie sich dem kleinen Mädchen gegenüber verhalten sollte. Sie fühlte sich als Mutter angesprochen, wollte helfen, erziehen, besser gesagt, eingreifen, bevormunden. Auch ihr war Barbara fremd. Sie vermutete, daß dieses Suffkind alsbald die schlechten Eigenschaften der Behrends zeigen würde. Hin und her gerissen zwischen Zuneigung und Abscheu, Mitleid und Abwehr, begriff sie wenig von dem, was in dem fremden Kind vor sich ging. Sie sagte zu Georg, daß er den Verkehr nicht zu eng werden lassen sollte, vielleicht weil sie fühlte, wieviel Einfluß das Ding der Nachbarn bereits auf ihren Sohn hatte, eine unklare Eifersucht kam mit ins Spiel. Er lehnte ihre Forderung mit den Worten ab: «Laß sie in Ruhe!»

Auf diesen Satz, im kategorischen Ton des Vaters gesprochen, blieb ihr nichts übrig, als alles laufenzulassen, wie es wollte. Sie verbot ihm nie etwas. Beide Zanders behandelten den Zwölfjährigen schon wie einen Erwachsenen. Und so benahm sich Georg auch.

Er verstand es, Räder und Mopeds zu zerlegen, und er bekam sie auch wieder zusammen. Die Durchsicht von Staubsaugern und anderen elektrischen Geräten, die, wie bei Handwerkern üblich, selbst repariert wurden, überließ Zander längst seinem Sohn. Er verwies auch andere, die ihm entzwei gegangene Sachen brachten, an den Sohn: «Fragt mal Georg. Wenn er Zeit hat, hilft er vielleicht!» Auch unter den Kindern galt Georg nicht mehr als Kind; er spielte mit ihnen Fußball, schwamm mit seinen Altersgenossen und mit älteren im Fluß, aber wie er es tat, zeigte schon den Ernst und die Überlegenheit Erwachsener. Schule und Elternhaus hatten den Begabten an ihre Welt angepaßt, ihn zu einem Beispiel für die anderen gemacht. So schien es zumindest. Da ihm alles leichtfiel und er sich im Rahmen seiner sozialen und individuellen Möglichkeiten beherrscht und mit Ausdauer bewegte, erschien er allen Erwachsenen als erfreulich lenkbar. Seine Kameraden mochten ihn auch, obschon er keine Freunde hatte. Stets mit etwas Wichtigem beschäftigt, stand er immer unter der Autorität Älterer, Erfahrenerer, Besserer und lebte Vorbildern nach; eigentlich war er nie jung gewesen. Wie sich der Frühreife verhalten würde, wenn er seinen Lebenskurs selbst bestimmen sollte, darüber dachte keiner nach, da bei diesem Jungen alles aufzugehen schien. Immerhin handelte es sich um einen Zwölfjährigen, aber die Eltern, die Lehrer sahen nicht, was sie unterließen, und so blieb ihnen später unerklärlich, weshalb der Überangepaßte in einer schwierigen Lage derart versagte.

War Georg ein begehrter Spielpartner, falls er spielen wollte und Zeit dazu fand, so hatte Barbara den allerschlechtesten Ruf: Fast immer störte sie beim Spiel. Launisch und zänkisch, stellte sie die höchsten Ansprüche an andere, wollte immer Mittelpunkt sein. Trotzdem hatte sie Freundinnen und wurde von den Kindern als Gefährtin geschätzt. Nichts trug sie schwerer, als wenn sie verspottet wurde, und nichts taten die Kinder lieber, als sie zu reizen, nachdem einmal klargeworden war, daß Barbara außer sich geraten konnte, wenn sie geneckt wurde. Wußte sie nicht mehr aus noch ein, schlug sie um sich, kratzte und biß. Mehr als einmal erging es ihr dabei schlecht. Bei einer dieser von ihr angezettelten Prügeleien – sie lag unten, ein Knäuel Kinder über ihr – erschien ihr großer Nachbar auf dem Plan. Körperliche Gewalt widerstrebte ihm, obgleich er sich auch schlagen konnte. Barbara gönnte er zudem eine kleine Abreibung, denn auch er empfand sie als maßlos anspruchsvoll. Dann aber, zu seinem Erstaunen, griff er doch ein und befreite sie von ihren Gegnern. Er, der nie tat, was er nicht wollte, handelte hier eigentlich gegen seine Überzeugung, daß sie eine Tracht Prügel verdiente, und er war sich des Widerspruchs bewußt. Dieses belanglose Ereignis beschäftigte ihn noch lange und nicht nur, weil er damit eine Beschützerrolle übernommen hatte. Auf dem Nachhauseweg war ihm von Barbara mit großer Eindringlichkeit gesagt worden: «Du sollst mein Mann werden.»

Überblickt man die Entwicklung der Beziehung zwischen den Nachbarn in diesen Jahren, so scheint eine geheime Katastrophenregie am Werk. Wie in einem Gärbottich wurde das Gemisch allmählich bis zur stürmischen Gärung gebracht; die Kinder waren die Hefe, das Treibmittel in einem allzu ruhig kreisenden Gemenge. Barbara, das schlaue Mädchen mit frühem weiblichem Instinkt und erstaunlichem Gefühlsgedächtnis, schuf sich in Georg einen Ersatzvater, da ihr eigener ihren Ansprüchen nicht genügte. Behrend besaß weder ausreichend Gemüt noch so viel Intelligenz, um Freude an einem solchen Kind zu haben, das schwierig war und widersetzlich, aber voller Einbildungskraft. Sie weckte sein Interesse nicht, obschon er sie hübsch fand und von Zeit zu Zeit, je nach Laune, beschenkte. Zu ihrer Mutter hatte Barbara kein schlechtes Verhältnis, nur verstand die überarbeitete, oft gereizte Frau ihre sprunghafte Tochter nicht.

Barbara zog es zu einem Mann, zu einem Wesen, das anders war als sie, anders roch, anders sprach, dessen Stimme tiefer klang und dessen Hände streichelten. Ihr Vater nannte sie deswegen Schmierkatze und schob sie weg; auch der Mutter war Zärtlichkeit fremd. Hätte sich jemand mit Barbaras Träumen befaßt, so würde er bald entdeckt haben, daß es darin von Männern wimmelte, von gewalttätigen, rauhen, die ängstigten und verfolgten, denen sie sich aber unterwarf, wenn sie die Arme öffneten. Wären sie nur Menschen gewesen und nicht die Gefühlsfiguren ihrer Träume! Einer konnte sich ihr nicht entziehen, und er besaß die Züge der Traumgestalten und war überdies den Männern der wirklichen Welt überlegen und offen für eine Hingabe, die sie immer wieder intrigant auf die Probe stellte. Sie drängte ihn in die Rolle ihres Beschützers, schob ihre Hand in die seine, aber sie leitete ihn mehr als er sie. Wurde er zornig und kehrte er den Mann hervor, war ihr das nur recht. Oft versuchte sie ihm körperlich näher zu kommen, rang mit ihm, obschon er die Balgerei nicht mochte. Einmal, als sie ihn mit Armen und Beinen fest umschlang, um ihn zu Boden zu ringen, brachte sie sich selbst zu Fall und kam zu einem frühen Erlebnis. Die Reibung ihres Körpers an seinem und eine unklare Sehnsucht hatten genügt, um eine weibliche Empfindung in ihr auszulösen. Sie erstarrte bei dem ihr unerwarteten Ereignis und glitt zur Seite. Georg glaubte ihr weh getan zu haben. Erschrocken über ihren Gesichtsausdruck, redete er auf sie ein; sie sah ihn nur nachdenklich an. Er verließ sie mit dem Gefühl, dieses Rätsel besser ungelöst zu lassen, sie war acht Jahre alt, er vierzehn, als das geschah.

# 3

Zur Genesis des Falles gehört ein Ereignis, das auf sie unterschiedlich wirkte, aber sie aufeinander zutrieb. Es geschah zur Sommerzeit. Die Dorfkinder fuhren mit einem selbstgebauten Floß auf dem Fluß, der sich langsam durch Wiesen und Felder hindurchschlängelte, ein schöner sommerlicher Spielplatz, nicht ganz gefahrlos, wie sich zeigen sollte. Georg liebte das Wasser und alles, was damit zusammenhing, schwimmen, Boot fahren, angeln. Auch Barbara kroch mit den anderen Kindern auf dem Floß herum, sprang ab, umschwamm das treibende Floß, kletterte wieder hinauf, sprang wieder ab. Während das Floß sich einer Flußkrümmung näherte, achtete keines der Kinder auf das warnende Tuten des Schleppers, der mit einem Signal die Einfahrt in den Flußbogen anzeigte. Das Schiff nahm mehr als die halbe Breite des Flusses ein, es zog Lastkähne, das Floß trieb talab, der Schlepper fuhr flußauf. Erst als ein Zusammenstoß schon unvermeidlich war, wurde den Kindern die Gefahr bewußt. Die auf dem Floß sprangen ins Wasser und suchten das Ufer zu erreichen; die im Wasser stießen sich vom Floß ab. Der Schiffer konnte nichts anderes tun, als sich möglichst weit von den schwimmenden Kindern fernzuhalten. Ein flußauf fahrendes schweres Schiff mit Kähnen im Schlepp ist nicht so bald zum Stehen zu bringen, es treibt. An dieser schmalen Stelle des Flusses blieb dem Schiffer auch kein Platz für ein Ausweichmanöver.

Am Floß hing Barbara, sie getraute sich nicht hinaufzuklettern, stieß sich aber auch nicht ab, um die wenigen Meter bis zum Ufer zu schwimmen. Wild tutend versuchte der Schiffer die Maschinen zu stoppen, aber bei dem geringen Abstand des Schleppers zum Floß mußte er es rammen, mit dem Bug oder längsseits. Georg, der die Gefahr erkannt hatte und schon fast am Ufer war, wendete und schwamm zum Floß zurück. Würde das Schiff mit dem Floß kollidieren, so mußten die Holzbohlen auseinanderfallen. Barbara würde längs der Bordwand gerissen, nach unten gedrückt werden und in die Schrauben kommen. Was Georg tat, sah gefährlich genug aus, und der Schiffer schrie und drohte ihm denn auch mit der Faust, tat aber zugleich sein möglichstes, um wenigstens quer zu liegen, wirbelte am Steuerrad, ein Auflaufen mit schweren Schäden riskierend, um keines der Kinder zu gefährden.

Georg hatte die Strecke bis zum treibenden Floß zurückgelegt. Er faßte Barbara und zog sie mit sich zurück. Hinter ihnen zerbrach das Floß in Stücke, die Trümmer trieben an ihnen vorbei, und zum Greifen nahe war die eiserne Bordwand. Der Bootsmann lief auf dem Schandeck entlang und verfluchte sie. Aber es gelang Georg, Barbara und sich selbst dem Sog der beiden Schrauben zu entziehen. Zwar fühlte er einen saugenden Druck an den Beinen, behielt jedoch die Übersicht, legte sich flach und dann strich im rechten Augenblick mit kräftigen Schwimmzügen vom Schiffsrumpf ab. Ohne Schaden kamen beide ans Ufer, während der Schlepper seinen Weg fortsetzte.

Erschrocken umstanden die Kinder die Gerettete und sahen zu, wie Georg Barbara untersuchte. Sie lag still und hielt die Augen geschlossen. Eine äußere Verletzung stellte er zu seiner Erleichterung nicht fest; er wußte aber, daß es Wunden gab, die man nicht sah und die doch tödlich waren. Er fragte, ob ihr etwas weh täte. Sie gab keine Antwort, sprang plötzlich auf und lief davon. Verblüfft sahen ihr die Kinder nach.

«Die hat einen Knall», sagte einer der größeren Jungen zu Georg, «für so eine Ziege wärst du beinahe ersoffen.»

Etwas an der Sache war auch Georg nicht geheuer. Als wenn sie sich absichtlich so lange am Floß festgehalten hatte, bis er ihr zu Hilfe kam. Sollte er die Gefahr suchen, um ihr Leben zu retten? Fast glaubte er, einen Fehler begangen und sich lächerlich gemacht zu haben. Das Erlebnis regte ihn nachträglich auf; er ließ die Bilder noch einmal vor seinem Auge erscheinen, das Floß, den Schlepper, den Aufprall, den Rückweg mit der halb bewegungslosen Barbara. War es denkbar, daß sie sein und ihr Leben aufs Spiel gesetzt hatte? Wofür? Vielleicht war sie von dem Schiff überrascht worden und hatte zu lange gezögert. Aber ob sie auch gezögert hätte, wenn er nicht in der Nähe gewesen wäre? Fragen würde er sie nicht, aber daß er sie gerettet hatte, konnte ihn nicht stolz machen. Was wollte sie von ihm?

Er schlug vor, Stillschweigen über den Vorfall zu bewahren. «Wir können am See ein neues Floß bauen. Da kann nichts passieren.»

Kenntnis über den geheimen Grund des Vorfalles besaßen beide Kinder nicht. Wie ihnen in Märchen und Sagen Liebe und Tod als Grenzbereiche des Lebens entgegentraten, so einfach wurde es ihnen nicht gemacht, zu verstehen. Daß Hero und Leander, Romeo und Julia, Kriemhild und Siegfried das Bild vollkommener Liebe bis zum Tod darstellen, hätte sie die Literatur lehren können. Allein, sie wußten nichts.

Barbara verspürte hinterher einen Schauer, wenn sie sich vorstellte, daß Georg bei dem Versuch, sie zu retten, gestorben, nein, getötet worden wäre. Sie fragte sich, weshalb sie denn beim Floß geblieben war, als alle anderen es verließen. Sie hatte ihn versuchen wollen, so wie sich die Märchenfiguren auf die Probe stellen; finstere und gute Mächte lagen im Widerstreit miteinander, Baum, Strauch, Wasser und Stein, alles um sie her war belebt und ansprechbar. Tu meinem Geliebten nichts; eine der Urfrauen war sogar unterwegs gewesen, um jedem, tot oder lebendig, den Schwur abzunehmen, ihren Sohn zu schonen. Hinter ihrer bösen Tat steckte der Mann am Fluß, meinte Barbara, der lockte, er versprach alle Glückseligkeit, am Ende stand der bittere Tod, die letzte Probe, die Menschen zu bestehen haben. Georg hatte die Probe bestanden; ihm halfen starke Mächte, er war das gute Prinzip, der Mann-Vater, der erlöste und Schutz gab.

Mit ihrer Phantasie allein gelassen, verlor Barbara die Beziehung zum Leben und spann sich in eine fabelhafte Welt ein. Nach dieser hohen Tat, so nannte sie ihre Rettung, ging sie Georg tagelang aus dem Weg; er wäre ihr zu gewöhnlich vorgekommen. Sie wollte ihn als Märchenhelden. Von Dank konnte gar keine Rede sein. Wofür Dank? Georg war zu ihr in ein besonderes, in ein unauflösliches Verhältnis getreten. Das wußte sie. Fand er Schlaf in den Nächten danach? Er hätte wachen müssen und an sie denken, so wie sie zitternd nachempfand, was sich am Fluß abgespielt hatte. Der Tod war dagewesen. Sie hatte keine Ahnung, was sterben wirklich bedeutete, noch war niemand in ihrer Umgebung gestorben. Der Tod nahm für sie das Charisma eines schöpfenden Wesens ein. Wäre sie tatsächlich gestorben, dann hätte Georg die Probe nicht bestanden. Wäre er beim Versuch, sie zu retten, ertrunken, so hätte sie sich schuldig fühlen müssen.

Selbstverständlich kam die Geschichte an den Tag. Für die Kinder, die alles mit angesehen, war das Ereignis einfach zu aufregend, als daß sie es für sich behalten konnten. Es folgte eine bewegte Gemeinderatssitzung mit Ausfällen gegen alle Eltern, welche ihre Erziehungspflicht verletzten. Eins blieb, Zanders Sohn hatte einen

Menschen vor dem Ertrinken gerettet. So stellten es die immer wieder befragten Kinder dar. Barbara wurde nicht gefragt, und auch Georg blieb zunächst von Fragen verschont. Später gab er maulfaul zu, daß er Barbara vom Floß geholt hatte, und sie bestätigte seinen Bericht. Beide taten so, als sei im Grunde nichts Außergewöhnliches geschehen.

Die Lehrerin, eine jüngere Frau, die erst kürzlich ins Dorf gezogen und mit der Recherche dieser Angelegenheit betraut worden war, sagte erstaunt: «Ihr könnt doch darüber sprechen. Es kommt nicht alle Tage vor, daß du einen Menschen rettest, Georg.» Aber er hielt die Sache mit seiner und Barbaras Erklärung für erledigt.

Sie war es nicht. Der Verlauf einer Unterredung mit seinen Eltern bestätigte Georg, wie recht er mit dem Versuch gehabt hatte, die Geschichte zu verheimlichen, soweit sie ihn und Barbara betraf. Seine Eltern waren keineswegs nur stolz auf ihren Sohn. Zunächst einmal rügte Frau Zander das Baden ausgerechnet im Fluß. Georg gab widerwillig zu, daß es falsch war, dort zu baden. Früher wäre niemand daraufgekommen, dort das Baden zu verbieten, seit eh und je werde im Fluß gebadet, verteidigte er sich. Maria Zander ärgerte vor allem, daß sie nicht wußte, was ihr Sohn tat. Sie glaubte, daß sich Georg nicht zufällig in der Nähe des Nachbarkindes befunden hatte. Nach seiner Schilderung und den Erzählungen der anderen Kinder hatte er sich waghalsig und für ihre Vorstellung sogar blöd benommen, als er sich in Gefahr begab. Barbara hätte sich allein retten können, sie schwamm ja ganz gut, wie alle wußten. Warum mußte er sich als Held aufspielen? Zander unterbrach die Vorwürfe seiner Frau mit einem Befehl: «Sieh zu, daß der Verkehr mit den Nachbarn nicht zu eng wird. Für die Sache selbst verdienst du ein Lob.»

Bei Behrends verlief die Auseinandersetzung ähnlich.

«Und der lange Lulatsch von nebenan hat dich rausgeangelt», fragte Behrend seine Tochter. Frau Behrend: «Ach, du lieber Gott! Jetzt werden wir wohl hundert Jahre lang zu hören kriegen: Wenn unser Junge nicht gewesen wäre!»

Aber es half alles nichts, der Ordnung halber mußten sie zum Nachbarn gehen, um sich zu bedanken; sie taten es mehr beiläufig, als handele es sich um eine kindische Dummheit wie hundert andere. Und Zander kam ihnen entgegen, indem er sich stellte, als höre er zum erstenmal davon: «Was alles so gequatscht wird! Ist sicher nicht so schlimm gewesen! Kinderspiele!» Damit drehte er sich um und ging ins Haus, sich gewaltig ärgernd über seinen Nachbarn.

Umgekehrt hielten die Behrends die Zandersche Reaktion auf ihren Dankesbesuch für hochmütig. Mit diesen eingebildeten Nachbarn kam man eben in kein besseres Einvernehmen. Frau Behrend verbot ihrer Tochter, das Haus der Nachbarn noch einmal zu betreten. «Ich lasse nichts über mich rumtragen. Was die sind, sind wir schon lange! Aber du bist ja auch so faul, daß nie was Vernünftiges aus dir werden wird! Nicht mal Geflügelmamsell, falls es so was noch gibt später.»

Im Dorf und in der Siedlung galten die Zanders und die Behrends als ein für allemal verfeindet. Nun hatten die Behrends auch noch die bittere Pille schlucken und sich vor den Zanders demütigen müssen.

Aber gerade die Feindschaft der Alten trieb die Jungen zusammen.

## 4

Die Welt, heute wie früher, hat selten Augen für das, was zusammengehört. Georg, auf der Schwelle zum Jüngling, starkknochig, mager mit kräftigen Muskelansätzen, lang gewachsen, schmale Schultern, erste Bartschatten auf der Oberlippe und zu beiden Seiten der Kinnpartie, graue Augen. Der ganze Bursche noch unfertig, schüchtern und auch wieder selbstbewußt gegenüber Erwachsenen. Barbara, ebenfalls rasch aufgeschossen, mit hohem Schwanenhals, neugierigem Blick bei etwas hervortretenden dunklen Augen, heiter, manchmal schwermütig, stimmungsabhängig. Sah man sie nebeneinander, so schienen sie erwachsener, älter, als sie waren. Allein oder mit anderen Kindern fielen sie weniger auf denn als Paar.

Sie trafen sich weiter, trotz der elterlichen Verbote, sogar häufiger, allerdings heimlich. Sie gingen zwar nicht mehr den Schulweg gemeinsam, da sie fürchten mußten, von den Eltern gesehen zu werden, aber sie verabredeten sich mit Augen und Handzeichen. Das Verbot der Eltern, bei Zanders zu verkehren, war für Barbara ein Glück, nun endlich gehörte ihr Georg ganz. Niemand mehr konnte stören, keiner mehr eingreifen, weder Erwachsene noch Kinder, keiner war in der Nähe, wenn sie sich trafen. Für ihn gab es kein Ausweichen mehr, er gehorchte ihr.

Im Winter trafen sie sich seltener, aber gerade dieses Weniger hatte bei beiden ein Mehr an Wünschen zur Folge. Gelegentlich fuhren sie in die Kleinstadt, um ins Kino zu gehen. Sie setzten sich voneinander entfernt, obwohl alle wußten, daß sie seine Freundin, er ihr Freund war. Noch gab es keine wöchentliche Dorfunterhaltung, noch nicht den lächerlich pompösen Begriff Discothek für das Tanzvergnügen in einer Dorfkneipe. Getanzt wurde im Winter im Gasthaus und im Kreise der Familien. Noch war das *Offentanzen* verboten, Niethosen waren verboten. Wenn Barbara sich seine Freundin, Georg sich ihr Freund nannte oder wenn sie von anderen so bezeichnet wurden, bedeutete das nach außen hin nicht viel. Fast alle Kinder standen in einem ähnlichen Verhältnis zueinander wie Barbara und Georg. Nur, bei den anderen waren die Eltern nicht ernsthaft verfeindet. Andere Elternpaare suchten zwar auch manchmal Jugendfreundschaften zu unterbinden, falls sich nach ihrer Meinung zu früh entwickelte, was nach einem Verhältnis und Verlöbnis aussah, die Mehrzahl war sich aber darüber im klaren, daß sie bald jeden Einfluß auf ihren Nachwuchs verlieren würden. Allgemein war alles gespannt, was aus der Sache zwischen Zander und Behrend, und weniger, was aus der Beziehung ihrer beider Kinder werden würde.

Im Frühjahr ging eine Bewegung durch das Dorf, die den Boden für das spätere Ereignis bereitete. In Groß-N. gab es, wie anderswo auch, eine Genossenschaft; nur ein kleiner Teil der Bauern hatte dafür begeistert werden können. Größere Bauern zogen es vor, selbständig zu bleiben. Drei Wirtschaftsformen existierten in Groß-N., und nicht nur dort, nebeneinander. Der Bauer, der unabhängig auf eigenem Land durchzukommen suchte, zwar innerhalb der staatlichen Pläne, aber mit einigem Spielraum; zweitens die Genossenschaft, und drittens wurstelten noch viele Bauern auf halben Hofstellen, gingen neben ihrer Tätigkeit als Landwirte zur Arbeit. Wie auch immer, im Frühjahr 1960 begann eine Kampagne mit dem Ziel, alle Bauern in die Genossenschaft zu bringen oder notfalls zu zwingen.

Zander, kein Genossenschaftsmitglied, aber der Partei angehörend, saß mit dem Genossenschaftsbauer Behrend tage- und nächtelang in einer Einsatzzentrale, empfing die Agitatoren, die in Bussen und Personenwagen wie auf dem Fließband aus der Stadt herangebracht wurden. In Gruppen eingeteilt, manchmal mit, manchmal ohne Polizeischutz gingen sie von Haus zu Haus und redeten mit jedem einzelnen Bauern, überredeten, drohten, versprachen goldene Berge und eine paradiesische Zukunft.

Vor dem Gemeinderatsbüro stand ein Lautsprecherwagen, Musik dröhnte bis in die Nächte hinein, Märsche, Schlager, Volkslieder, unterbrochen durch Kurzreden von Politikern und Hinweise für die Agitatoren, sich hier oder dort einzufinden.

Das Dorf kam aus der Ruhe, und das sollte es auch.

Alteingesessene Bauernfamilien wehrten sich, sperrten Türen und Fenster zu, machten die Hunde los oder verloren die Geduld und wurden handgreiflich. Wer tätlich geworden war, der verlor mit seinem Besitz auch seine Freiheit. Zander lebte lange genug in Groß-N., um die Verhältnisse gut zu kennen; er hatte in den fünfziger Jahren mancherlei Unfug miterlebt, Konfiszierungen bei Steuerschuldnern, den Rinderoffenstall, der mit allen Mitteln durchgesetzt werden sollte und längst als Unsinn erkannt worden war, Meliorierungsversuche, die gescheitert waren. Experimenten stand er mißtrauisch gegenüber; aus Disziplin tat er, was jetzt von ihm verlangt wurde.

Behrend schwankte hin und her zwischen Zustimmung und Ablehnung. Der krumme kleine Kerl und windige Hund hatte seinen Anteil an Boden aus dem enteigneten Land von 1946 eingebracht und doch nicht aus dem Dreck kommen können. Einerseits begrüßte er, daß jetzt Landwirte, die sich ferngehalten hatten, bessere Böden, Gerät und Vieh einbrachten, andererseits befürchtete er, daß die neuen Mitglieder Statutenänderungen durchsetzen könnten, die ihn künftig noch schlechter stellen würden als jetzt. Mancherlei Gereimtes und Ungereimtes ging in seinem Kopf herum. Er krakeelte in der Kneipe, denn naturgemäß spielte sich viel im Gasthaus ab, kam hin und wieder ins Gemeindebüro und stellte neue Forderungen. Zander verachtete ihn, mußte ihn aber als Bundesgenossen behandeln. «Ruf in Berlin an! Wir Bauern fordern!», und dann äußerte Behrend Zukunftshoffnungen. Kredite, Maschinen, Steuerbefreiung sollten dem Bauern zugute kommen, oder ihm fiel ein, daß ihm der Grund und Boden aus dem Fonds der Bodenreform für *ewig* zugesprochen und doch wieder geraubt worden war. In höchster Ekstase wurde er zum *Sozialrevolutionär*: «Jetzt räumen wir auf! Jetzt sind wir dran! Nieder mit dem Großbauernpack! Enteignen! Ins Lager stecken! Feinde des Sozialismus!» Und so weiter. All dieses an und für sich nur lächerliche Bramarbasieren ging Zander schließlich auf die Nerven, so daß er den Nachbarn aus dem Büro warf. Ihm selbst war nicht wohl in seiner Haut. Er fürchtete, daß bei der Kampagne nichts gewonnen, sondern draufgezahlt, daß die noch funktionierenden Wirtschaften nur ruiniert, aber die Genossenschaft nichts gewinnen würde. Er hielt jedoch den Mund und wartete ab, sorgenvoll, weil er sein Dorf liebte und sich hier zu Hause fühlte. Dieser und jener verließ Hof und Heimat, um im Westen neu anzufangen oder unterzugehen; einer wurde verhaftet und verschwand, kurz gesagt, in diesem Frühjahr schien alles drunter und drüber zu gehen und keiner mehr zu wissen, wie die *Revolution auf dem Dorf* noch vernünftig gelenkt werden könnte.

Alles war rasch vorbei, die Termine wurden gehalten, Groß-N. vollgenossenschaftlich. Zander sollte endlich auch Mitglied der umgebildeten Genossenschaft werden, er aber wollte lieber auf seinem alten Posten in der Reparaturwerkstatt bleiben, als Angestellter mit Gehalt. Ihm wurde zugeredet, und er wäre zuletzt vielleicht von seinem Grundsatz abgewichen, wäre er mit seiner neuen Stellung in der Genossenschaft nicht zugleich in ein anderes Verhältnis zu Behrend getreten. Mit dem wollte er nicht an einem Tisch sitzen müssen, ihm vielleicht sogar unterstellt werden. Behrend, der die Werbungen um Zander unterstützt hatte, sagte seinem Nachbarn auf den Kopf zu, was ihn abhielt, obwohl er finanziellen Vorteil von einem Beitritt gehabt hätte: «Willst nichts mit mir zu tun haben, was? Aber ich kann dir den Gefallen nicht tun und deinetwegen austreten. Ist auch noch nicht aller Tage Abend, Nachbar. Wir kommen schon noch zusammen.»

So waren die Würfel gefallen, und unter den neuen Bedingungen im Dorf mußten alle menschlichen Beziehungen eine andere Bewertung erfahren. Auch die Erwartungen, die hoffnungsvollen wie skeptischen, erfüllten sich, im Verhältnis der Nachbarn Zander und Behrend trat ein Wandel ein, den beide nicht voraussahen.

## 5

Die Kinder der feindlichen Nachbarn hatten manches von dem mitbekommen, was in diesem Frühjahr um sie herum vor sich gegangen war. Georg erklärte, daß es sich um Geschichte und um Klassenkampf handele, ganz wie ihm in der Schule und seit kurzem in der FDJ beigebracht worden war. Von Leibeigenen, Fronbauern, freien, kleinen und großen Bauern sprach er. Gutsherren gab es in der Gegend allerdings keine. Die alten Formen müßten weichen, erläuterte Georg. Geschichte interessierte Barbara wenig. Die Bauern, die sie kannte, hatten mit alledem, was die Lehrerin über die Schrecken der Vorzeit referierte, nichts gemein. Das Geschrei und die Aufregung zu Hause und im Dorf hatten jedoch ein Gutes, sie wurde in diesen Wochen kaum beaufsichtigt.

Der Frühsommer war endlich gekommen mit Wärme und Sonne und mit Ruhe im Dorf. Barbara und Georg gingen am Fluß entlang. Zum Baden war es noch zu kalt, nicht aber zum Lagern. Sie lehnte den Kopf an seine Schulter, er strich ihr das Haar zurück, das ihn kitzelte. Es war alles schon beinahe gewohnt, so gewohnt, daß dieses Zusammensein keine neuen Empfindungen mehr auslöste; eine Gewohnheit ist immer etwas Angenehmes, er fühlte sich wohl, es war gut, mit ihr am Fluß zu liegen.

Auch Barbara suchte das Beisammensein, aber sie strebte nach mehr. Ruhe lag ihr nicht, auch nicht die Stille des Angenehmen. Er tat nie etwas, wozu sie nicht den Anstoß gab. Wenn sie ihn streichelte, kitzelte, kratzte, konnte sie ihn veranlassen, mitzumachen. Sie hätte nicht gewußt, was sie mit den Händen sonst tun könnte. Georg besaß, anders als sie, schon einen sexuellen Moralbegriff; meist haben wir von solchen Dingen eher das Wort als die Erfahrung, und es wäre dem Vierzehnjährigen nicht der Verdacht gekommen, das Spiel der Hände könnte etwas mit Sexualität zu tun haben. Das Mädchen erregte ihn nicht sexuell, nicht einmal erotisch, ein Wort, dessen Bedeutung er nicht kannte. Aufklärung ohne Lebenspraxis gab und gibt es nicht. Er war eben nur gern mit ihr zusammen und hatte alles Trennende, alles Fremde überwunden.

War sie ihm eine Schwester? Vielleicht. Dann aber war es geschwisterliche Liebe, die ihn an Barbara band, und es gab keinen Grund, sie zu meiden, was auch die Alten sagen mochten. Deren Angelegenheiten kümmerten ihn immer weniger; er empfand keinen Haß oder Zorn gegen die Behrends, die anders waren als sie, die Zanders.

Sie lag still neben ihm und starrte in die Luft. Da diese Ruhe ungewohnt war, drehte er sich zur Seite, daß er ihr in die Augen blicken konnte. Vielleicht sah er sie überhaupt zum erstenmal, erkannte in ihr das fremde, feindliche weibliche Geschlecht, denn er erschrak. Sie war hübsch. Prüfend ernst erwiderte sie seinen Blick. Die Hände hielt sie still, offensichtlich wartete sie, aber worauf? Da beugte er sich hinunter und küßte sie. Es geschah nichts weiter als das Aufeinanderlegen ihrer Münder. Sie verlangte: «Du mußt mir sagen, daß du mich lieb hast.»

Er sträubte sich, hatte überhaupt sogleich Zweifel an dem Bindenden des Kusses. Ein Vierzehnjähriger weiß ja Bescheid. Durch Kameraden und Erfahrungen unterrichtet, war ihm die Fortpflanzung kein Buch mit sieben Siegeln. Unter sich benutzten sie natürlich die Vulgärsprache, was manchen auf die Idee kommen ließ, sie seien verdorben. Die Schule wiederum übermittelte ihnen alles in der Sprache trockener Wissenschaft oder mit dem feierlichen Ernst eines Kultdienstes. Mit beidem ist keinem Jungen und keinem Mädchen geholfen. Aber wie soll eine Lehrerin denn das Glücksgefühl eines Kusses anders übermitteln als durch Worte und mit Tafelkreide? Niemand hatte ihnen die Unterschiede des Kusses erläutert; sie wußten dennoch, daß sich Großvater und Großmutter anders küssen als Jungen und Mädchen. Bei Georg ging vom Kuß nichts anderes aus, als das wache Bewußtsein in Worte faßt: Ich habe sie geküßt, und es war gar nichts. Allerdings würde er sie ab heute öfter küssen müssen und wollen, das begriff er wohl.

Barbaras Sehnsucht richtete sich ganz auf ihn, sie wünschte sich seine spielende Hand, nicht die eigene. Er gehörte ihr ganz, wenn, ja wenn was? Es machte wenig aus, daß er nichts forderte. Sie war längst davon überzeugt, ihn zu lieben, da sie Liebe nirgendwo anders bekommen konnte. Sie schwatzte ihm bei Gelegenheit ein Paßfoto ab und verbarg es an ihrem Körper, bildete sich ein, daß sich dort, wo sein Bild ihre Haut berührte, ein brennender Fleck bildete. Das Experiment ließ sich sogar wiederholen, beliebig oft und an verschiedenen Körperstellen, obschon die brennende Stelle keine farbliche Veränderung zeigte, wie sie sofort kontrollierte.

Nach dem ersten Kuß führte sie solche Situationen öfter herbei. Den ganzen Sommer hindurch kamen sie regelmäßig zusammen; er küßte sie, sooft sie es verlangte, und sie zwang ihn immer wieder, sie zu küssen, ohne daß sich der Kuß sozusagen in seiner Qualität verändert hätte. Gegen Ende des Sommers trat ein, was kommen mußte, beide machten einen Entwicklungsschritt und konnten einander nicht mehr ansehen, ohne zu erröten. Sie gingen sich aus dem Wege, fingen an, sich wie Mann und Frau zu sehen, mieden sich scheu mit Sehnsucht nach dem anderen, vielleicht zu früh, aber das macht ihre Geschichte eben erzählenswert.

## 6

Es war gut, daß diese Kinderliebe vorbeiging, denn es konnte nicht viel daraus werden. Nach Georgs fünfzehntem Geburtstag, also 1961, und nach vielem Hin und Her, nach Hausbesuchen durch die Lehrerin und ihren Überredungen waren die Zanders endlich bereit, ihren Sohn ins Landschulheim der *hohen Schule* umziehen zu lassen. Er sollte das Abitur machen und danach zum Studium in die Stadt gehen. Für Frau Zander rückte die Stunde näher, da sie ihren Sohn endgültig aus ihrer Obhut entlassen mußte, zu früh, fand sie, zu schnell war das Leben vergangen. Da die Lehrerin selbst aus der Stadt gekommen war, ihre Arbeitsstelle im Dorf nie gemocht hatte und nach einer kurzen, gescheiterten Ehe wieder zurück in die Großstadt strebte, führte sie ins Feld, daß ein solcher Junge in die Stadt gehöre, seinen Fähigkeiten entsprechend. Das Dorf böte ihm nichts. Zander verzog das Gesicht, es käme darauf an, was sich einer unter Leben und Glück vorstelle. Das Dorf böte eine Lehre als Maschinen- oder Fahrzeugschlosser. Wenn er wolle, könne Georg den Ingenieur machen. Das Dorf habe alles noch vor sich. Der praktische und lebenserfahrene Mann sah voraus, daß nach Lage der Dinge in naher Zukunft mit dem alten Maschinenpark der Genossenschaft nichts mehr zu machen war. Das Dorf stand vor einer seiner größten Strukturveränderungen, und dazu waren Menschen nötig.

Frau Zander hätte ihren Sohn gern für immer bei sich behalten, aber das ging nicht, wie sie wohl einsah; zumal jetzt, wo die Geschichte mit dem Suffkind zum Glück vorüber war, für ihren Georg keinerlei Gefahr mehr bestand. Würde sie hier noch eine Gefahr gesehen haben, hätte sie sofort zugestimmt.

Georg selbst wollte nicht weg. Das Dorf war seine Heimat, hier fühlte er sich wohl; so weit in die Zukunft wie sein Vater sah er nicht, so kurz wie die Mutter auch nicht. Die Lehrerin sagte: «Reizt es Sie denn gar nicht, Ihrem Sohn den Weg zu etwas Besonderem zu ebnen? Physiker, Mathematiker!»

Georg bereitete sich auf den Übergang zur Oberschule mit Abitur vor.

Da Barbara dieselbe Schule besuchte, wußte sie, was im Busch war. Im nächsten Jahr würde er ins Internat gehen, was für sie bedeutete, ihn nicht mehr regelmäßig zu sehen. Schon zu Beginn der Sommerferien wurde ihr gewiß, daß sie es nicht ertrüge, wenn er ohne das Versprechen wegginge, an sie zu denken, ihr zu schreiben, sie nicht zu vergessen. Ihr jetziges Verhältnis war kühl. Warum? Sie schrieb ihm einen Brief und schmuggelte ihn in seine Mappe. Eigentlich stand nichts Besonderes darin; sie hätte gar nicht gewußt, wie sie ihre Gefühle ausdrücken sollte. Sie schrieb, was auch jeden anderen als den ihr nahestehenden Georg getroffen hätte. «Es ist etwas Furchtbares geschehen, ich muß dich sprechen. Komm zum Fluß, wo du mich gerettet hast.»

Georg sagte sich, daß sie ihn nicht ohne Grund rief. Und plötzlich wußte er, was ihm in den endlosen langen Wintermonaten gefehlt hatte. Er begriff nicht mehr, weshalb er sie gemieden hatte, die Erinnerung an das aufkeimende Mißtrauen gegen sich und gegen sie verblaßte gegenüber dem Gefühl eines Verlustes. An das Furchtbare, wie sie in ihrem Brief angedeutet hatte, glaubte er nicht, verstand aber, welche Absicht sich dahinter versteckte. Als sie sich trafen, war auch nicht mehr davon die Rede, sondern davon, daß er wegziehen würde.

Noch lagen ein Herbst, ein Winter und der nächste Sommer vor ihnen, aber es würde keine richtige Freude mehr aufkommen. Alles war überschattet von der bevorstehenden Trennung. Das schlaue Mädchen fühlte ähnlich wie Frau Zander, daß Georg in ein neues Leben aufbrach und sie zurückließ. Obschon Georg sich inzwischen auf das Internat freute – es war ein Aufbruch –, beluden ihn alle mit dem Schmerz, der ihnen die Trennung von ihm bereitete. Beinahe fühlte er sich schuldig an ihrem Leid. Es waren Empfindungen, die jede Trennung auslöst. Georg kämpfte mit widerstreitenden Gefühlen; einerseits band ihn alles an sein Elternhaus, an sein Dorf, andererseits lockte ihn die Ferne. Wenn diese Ferne auch nur eine Kreisstadt war. Seine Eltern machten ihm den Aufbruch nicht leicht. Barbara spielte in seinen Wünschen und Hoffnungen auf die Zukunft zunächst nur eine geringe Rolle. Anders sie, ihre Gefühle brachen heftig aus; sie wollte gegen alle kämpfen, die ihr den Geliebten, den Mann-Vater nahmen. Sie beschimpfte die beharrliche Lehrerin und Georgs Eltern, verlangte, daß er ihretwegen verzichten und bleiben sollte, und dann stellte sie einen neuen Anspruch an ihn, er sollte wieder und wieder erklären, daß er sie liebe.

Das Wort Liebe sagte ihm nichts; er kannte zwar die Bedeutung, nicht aber den damit verbundenen Sachverhalt. Da er es im Kino und im Fernsehen, das langsam in die Dörfer Einzug hielt, allzuoft und unter allen nur möglichen und unmöglichen dramaturgischen Konstruktionen hörte, fand er es lächerlich, die Rolle von Schauspielern zu übernehmen. Zudem löste das Wort Liebe in Verbindung mit Filmszenen peinliche Empfindungen in ihm aus. Warum Barbara ausgerechnet den Satz: Ich lieb dich, von ihm hören wollte, begriff er nicht. Unter dem Eindruck der bevorstehenden Trennung gab er jedoch nach, zumal ihn kein dritter hörte; er sprach den Satz vor sich hin und fand es hinterher gar nicht so schwer, handelte es sich doch bloß um Worte. Sie war ergriffen, drückte seine Hand und ließ die Tränen laufen. Sie zwang ihn noch oft in diesem Sommer, zu sagen, daß er sie liebe.

## 7

Kurz bevor er abreiste, nahm ihn sein Vater auf einen langen Gang durch die Felder mit. Falls Georg erwartet hatte, Ermahnungen, Lebensregeln von ihm zu hören, wurde er enttäuscht. Nicht um mit ihm zu sprechen, jedenfalls nicht nur deshalb, schien sein Vater mit ihm kilometerweit zu gehen; er wollte seinen einzigen Sohn allein für sich haben. Mit dieser Trennung war soviel verbunden; sogar der Vater litt darunter, wie Georg endlich herausfand.

Zander führte mehr ein Selbstgespräch, als daß er mit

Georg redete. Er zeigte auf die großen, zusammengelegten Felder: «Soweit ist es gekommen, du siehst ja selbst, hier ist im Augenblick nicht mehr viel zu machen. Die verdienen viel und zu schnell Geld. Sie haben auf einmal freie Zeit und wissen nichts damit anzufangen. Verkommt alles im Schnaps, füttert Vieh lieber im eigenen Stall, aber mit gestohlenem Futter! Erst wollte keiner rein in die Genossenschaft, jetzt? Nun entdecken alle die Vorteile, die ihnen geboten werden.»

Georg wandte ein, daß, wenn es so wäre, ja ein wirklicher Vorteil, nein, ein Fortschritt mit der Genossenschaft verbunden sei. Zander schüttelte den Kopf.

«Natürlich sind es Vorteile», räumte er aber doch ein, «wie soll ich dir erklären, was ich meine? Früher wurde hier wie überall auf dem Lande viel gearbeitet, mehr als woanders sogar. Auf einen grünen Zweig kam der kleine Bauer nicht, und selbst der Mittelbauer hatte zu kämpfen. Das Wetter, die seuchenanfälligen Viehbestände und manches mehr machten das Wirtschaften noch unsicherer. Zusammenschluß von gleich Betroffenen kann da nützlich sein.»

«Da sagst du selbst, was getan werden mußte», meinte Georg; er fügte hinzu: «Ohne Gott und Sonnenschein bringen wir die Ernte ein.»

«Warte mal, ich bin noch nicht ganz am Ende mit meinem Vortrag», antwortete Zander. «Jetzt hat jeder seine eigene Verantwortung sozusagen an die Genossenschaft abgetreten und sucht ein leichteres Leben.» Er unterbrach sich, ohne auszuführen, was er unter leichtem Leben verstand, und fuhr fort: «Das hat Folgen. Das Dorf ist eine bestimmte wirtschaftliche und soziale Einheit gewesen; du siehst, ich habe darüber nachgedacht, zwangsläufig, denn ich lebe ja hier bald achtzehn Jahre und kenne mich aus. Die alten Bindungen der Leute an das Dorf gehen verloren, und ich sehe nichts Neues, nichts Besseres. Daß alle schnell reich werden wollen, wäre für mich kein Grund für eine Genossenschaft. Natürlich geht es um mehr Ertrag, aber der Mensch lebt nicht vom Brot allein, das steht in der Bibel, und es ist nur zu wahr, ebenso wahr wie deine Bemerkung über Gott und Sonnenschein.»

Zander schwieg eine Weile; sein Sohn wollte ihn durch keine Frage stören, denn er spürte, daß sein Vater in einen Widerspruch zu sich selbst geraten war.

«Sie werden hier mehr produzieren, das ist klar, aber sie werden das Land und das Dorf verändern. Verändern», sagte Zander dann, «bedeutet nicht, zu bessern. Sie greifen schon jetzt zu oft und zu unbesonnen in die Natur ein. Das wird dir und deinen Kindern vielleicht teuer zu stehen kommen. Die paar Sack Weizen mehr bezahlen nicht wir, die Väter, sondern ihr, unsere Nachkommen. Bei den Gärtnern hieß es früher, wenn mit zu hohen Kalkgaben gedüngt wurde, Kalk gibt reiche Väter und arme Söhne. – Die Söhne werden das Dorf zu Scharen verlassen, oder ich täusche mich sehr.»

«Und deshalb soll ich jetzt weg?» fragte sein Sohn überrascht.

«Ich habe kein gutes Gefühl mehr», sagte Zander. «Geld ist wie eine Religion geworden; sieh dir nur unsere Nachbarn an! Ja, du sollst hier weg und so bald wie möglich.»

Georg sagte nichts, er verstand den Vater nicht. Nach zwei Jahren, nicht mal ganz zwei Jahren, seit Gründung der neuen Genossenschaft mit den Veränderungen auf den Feldern, in den Ställen und der Siedlung ließ sich nicht absehen, wohin das alles führen würde, zumindest für ihn. Und schließlich hatte sein Vater mitgewirkt bei dem, wovon er jetzt abrückte. Ein paar Hektar waren melioriert, ein paar weitere Hektar parzelliert worden, aber was bedeutete das schon? Land war im Überfluß da.

Was die Landwirtschaft betraf, er hörte täglich davon reden, bald so, bald anders. In den Ferien hatte er geholfen, war Traktor gefahren. Auch Studenten aus der Stadt halfen, denn die Bauern konnten seltsamerweise noch immer nicht ihre Ernte allein einbringen. Eines aber ließ sich nicht übersehen, und darin waren sich beinahe alle einig, es ging schneller voran als früher. Bewegung kam endlich auch ins Dorf, alle hatten Geld. Wie es die Bauern in früheren Zeiten geschafft hatten, zu säen, zu ernten und so viel zu produzieren, daß sie leben konnten, war eine andere Frage. Konnten sie leben? Er wußte darauf keine andere Antwort als die, daß die früheren Zeiten schlecht gewesen waren, der Klassenverhältnisse wegen. Bauern wurden unterdrückt, Gutsherren regierten, plünderten aus, machten Kriege. Bauern wurden gelegt.

Genug, sie führten ein langes Gespräch, aber es war auch ein langer Weg, auf den Zander seinen Sohn mitnahm, bevor er ihn fortschickte, ein Gespräch, bei dem sich Unterschiede andeuteten, die Generationen trennten sich. Georg verstand die Ängste seines Vaters nicht, und er hielt sich an das, was er sah, ein Dorf im Aufbruch aus der Rückständigkeit in das Zeitalter industrieller Landwirtschaft. Die Natur mußte sich selber helfen. Georg fühlte sich als Pionier des Neuen; sein Vater wurde vielleicht alt und verlor den Blick für all das Neue, Bessere.

Bei den Behrends wurde über die Umschulung des Nachbarssohns geredet. «Jetzt schicken sie ihren Bengel auf die hohe Schule, na, von mir aus», Behrend, heftig qualmend. Frau Behrend etwas dunkel zu ihrer Tochter: «Da siehste mal, wie es denen geht.»

Behrend fuhr dazwischen: «Wie geht es denn? Wie geht es denn dem Herrn Nachbarn, he? Abwärts gehts! Das kann man doch sehen! Der hat geglaubt, er kann mit seinem dicken Arsch bis in alle Ewigkeit hier sitzen! Denkste! In der Leitung will ihn keiner mehr sehen, hat immer was zu meckern! Und die Olle? Jetzt merkt sie was! Jetzt merkt sie, wenn man mit den paar Linsen auskommen muß, die er noch bringt, wie hart das Leben ist. Ja, Pustekuchen! Der wird sich in den Hintern beißen, daß er damals nicht beigetreten ist! Hätte jetzt auch seine schönen Anteile. Wo er nicht mehr mitkann, muckt er auf. In zwei Jahren frißt der mir aus der Hand!» Er paffte hastig. «Laß es dir gesagt sein: Wenn ich den kleinkriegen kann, das soll mir ein besonderer Festtag werden.»

Sie trafen sich ein letztes Mal vor Georgs Abreise und beschlossen, zur Mühle zu gehen. Sie lag ein paar Kilometer weiter an einem Flußarm. Das Wasser floß so schnell, daß jemand versucht hatte, sich am Seitenarm eine Wassermühle zu bauen. Aber schon vor Jahrzehnten war die Anlage mit Stau und Wehr, Wasserrad und allem Drum und Dran stillgelegt worden. Niemand wollte sie wieder in Dienst stellen. Seit die Mühle in der Stadt gebaut worden war, lohnte der Betrieb nicht mehr. Er hatte wohl nie richtig gelohnt. Immerhin war es ein romantisches Fleckchen, es machte Spaß, auf den solide gezimmerten Gerüsten herumzuklettern. Fachleute kamen auch, beklopften das Eichenholz, wunderten sich, daß es noch nicht vermodert war, und bezeichneten die Mühle als ein technisches Denkmal. Sogar das Mühlengebäude mit Wohnhaus stand noch, freilich war es verfallen und morsch.

Georg und Barbara betraten die Mühle, vorsichtig tastete sein Fuß den Boden ab. Der hielt noch, nur an einigen Stellen konnten sie durch die Ritzen nach unten in das trügerisch schwarze, glatte, aber schnell fließende Wasser sehen. Es war ein unheimlicher Ort. Georg kletterte hinaus auf die Brücke des Mühlrades. Ob er es schaffen würde, über das künstlich angestaute Becken am Wehr zu schwimmen? Dieses dunkle, schnelle Wasser reizte ihn, den leidenschaftlichen Schwimmer, es zu versuchen. Er zog seine Sachen aus und ließ sich vorsichtig ins Wasser gleiten; sie sah zu. Vor ihren Augen schwamm er ein paar Züge in dem eiskalten Wasser, das der dichten Bäume wegen von der Sonne kaum gewärmt wurde. Es verströmte einen reinen, kühlen Geruch wie ein Vorfrühlingstag. Er winkte ihr, und sie ließ sich nicht lange nötigen. Beide schwammen eine Weile hin und her. Manchmal gerieten ihre Füße in einen Strudel, der Sog zog sie abwärts. Georg zeigte ihr, wie man die Strudel überwindet. Sie sagte: «Ich werde immer machen, was du sagst.»

Dann erkletterte er das Rad und half ihr herauf. Zusammen gingen sie in das obere Stockwerk des Mühlenhauses, fröstelnd in ihren Badesachen. Rasch entschlossen zog das Mädchen den Badeanzug aus. Sie warf ihm einen Blick zu. «Ist dir nicht kalt? Warum ziehst du dich nicht auch aus?»

Beide musterten einander voller Neugier. Er legte seine Hände auf ihre Schultern. Ihre Brust wölbte sich schon, die Warzen traten leicht hervor, und er mußte an die schweren Brüste seiner Mutter denken; er wandte sich ab. Barbara spürte, daß er an etwas anderes dachte; sie umschlang seine Hüften und zog ihn an sich heran.

Ihm fiel ein altes Ölgemälde ein, das er kürzlich in einem Bildband gesehen hatte, Adam und Eva unter einem Baum, eine sich ringelnde Schlange. Ihm waren die Menschen auf dem Bild nicht nur wegen ihrer seltsamen, wie erstorbenen Haltung komisch erschienen. Mit der Darstellung hatte er auch nichts anfangen können, weil er die Bibelstelle nur vom Hörensagen kannte. Jetzt enthüllte sich die ihm unverständliche Mythologie auf einfache Weise. Hinter dem Bild mußte nicht unbedingt eine religiöse Bedeutung stehen, eher war es ein Gleichnis. Seine Eltern waren nicht religiös, in der Schule hatte er gelernt, Religion für Aberglauben zu halten. Was mit dem Apfel gemeint war, wußte er natürlich.

Er beugte sich zu ihr und küßte sie auf die Lippen. Es war der erste richtige Kuß, den sie sich gaben, sie küßten sich wieder und wieder. Obschon nichts weiter geschah, dachte Georg, daß er nun in ein anderes Verhältnis zu Barbara getreten sei. Als kleine Schwester oder als Nachbarskind, zu dem er eine freundschaftliche Beziehung unterhielt, konnte er sie nicht mehr bezeichnen. Als sein Mädchen, als seine Geliebte oder als Freundin in einem anderen Sinn aber auch nicht. So weit war er noch nicht, sich eine Freundin anzuschaffen wie die anderen, er glich ihnen wenig und schämte sich der gelegentlichen Masturbation, der er, seiner Reife entsprechend, wie sie alle verfallen war.

Bei dieser Küsserei beherrschte ihn ein dumpfes Gefühl des Glücks, das durchaus nicht frei von Zweifeln an der Wirklichkeit des Geschehens war. Es zuckte in seinen Händen, ihre Brust zu berühren, aber dann mußte er wieder an die schweren Brüste seiner Mutter denken, und er fiel in einen Abgrund der Scham.

Es war wirklich gut, daß er hier wegkam, sein Vater hatte schon recht. Für Barbara und ihre Ansprüche an seine Gefühle war er nicht reif genug, so glaubte er nach dieser Erfahrung zu wissen. Daß ihn sein Vater aus anderen Gründen weghaben wollte, ahnte er seit ihrem Gespräch bei dem Feldgang. Es stürzten Dinge über ihn herein, mit denen er nicht fertig wurde; die Welt seiner Kindheit mit den kleinen Erfolgen braver, gehorsamer Kinder mußte er anscheinend endgültig verlassen. Er kam sich einsam vor, noch ehe er das Internat betreten hatte, und daran war nicht die Welt schuld; die Gründe für seine Bedrücktheit lagen in ihm selbst. Eltern, Erwachsene waren auch in Widersprüche verstrickt, von denen er früher nichts gewußt hatte.

Sie gingen erst bei Einbruch der Abenddämmerung zurück, gaben sich außer Sichtweite ihrer Wohnungen ein letztes Mal die Hand. Er ging allein weiter, sie stand lange da, wie er, sich umdrehend, feststellte.

## 8

Im Internat wurde Georg in ein Vierbettzimmer eingewiesen. Nur zwei der Betten waren bisher belegt. In dem großen zweifenstrigen Raum standen ein Tisch mit vier Stühlen und vier einfache, schmale Schränke. Vor den Fenstern hingen Gardinen. Man sah auf einen Park, dahinter lag die Eisenbahn.

Von Georgs Zimmergenossen hielt sich der eine, Markus, bereits für lebenserfahren, und das mit einem gewissen Recht. Er war seinen Altersgenossen an Selbstvertrauen und seelischer Reife voraus. Ilja, Georgs zweiter Zimmergenosse, stand zwischen den Temperamenten. Suchte Markus Konflikte, so war Ilja eher geneigt, ihnen auszuweichen. Beide wurden sie von dem ruhigen, mit sich beschäftigten Georg bewundert. Die Biografie des einen, Markus, belehrte Georg darüber, daß einer schon mit siebzehn viel erlebt haben kann.

Die Eltern seines Freundes, man kann ihn schon so nennen, denn Georg schloß sich fest an Markus an, arbeiteten im Ausland, und zwar in Südamerika. Ihre Kinder, zwei Söhne, waren in ein Internat gekommen, eine besondere Anstalt für besondere Kinder besonderer Eltern, sicherlich vom Besten, und besondere Fürsorge ist solchen Kindern wohl auch zu gönnen. Nach einigen Fluchtversuchen der beiden hatten sich die Eltern genötigt gesehen, etwas für ihre Kinder zu tun. Die Mutter war zurückgekehrt, um Markus zu überreden, sich in das Unvermeidliche zu schicken. Er versprach es, und die Mutter reiste wieder ab mit dem Versprechen, bald für immer heimzukehren, aber Markus hielt nicht durch, flüchtete erneut, wurde am Rostocker Hafen eingefangen und stellte Forderungen, er verlangte, nach W. umgeschult zu werden. Dort lebten Verwandte. So wurde ein Kompromiß geschlossen. Markus kam nach W., sein Bruder, älter als Markus, mußte in eine Nervenklinik gebracht werden.

Georg begriff, daß Markus dagegen protestiert hatte, wie eine Sache behandelt zu werden. Der junge Mann bekam natürlich einen erheblichen Zuschuß von den fernen Eltern, hielt sich ein Moped, unternahm auch sonst alles mögliche, was mit Gefahr für Leib und Leben verbunden, zum Beispiel das Segelfliegen, er brach Autos auf, verstand es, die Zündung kurzzuschließen, setzte allen Ermahnungen geduldiges Zuhören entgegen, wohl wissend, daß ihm nichts geschehen konnte. Es versteht sich, daß ein solcher Junge Idol der Mädchen war, zumal ihm die Natur zum Unglück für die Mädchen einen kräftigen Körper und ein schönes Gesicht mitgegeben hatte. Georg zweifelte nicht daran, daß Markus gelingen würde, was er wollte.

Ilja, die andere Blüte, blickte auf ein kaum weniger bewegtes Leben zurück. Sein Vater war Tierarzt, und zwar ein sehr berühmter, saß in einem Dutzend Gremien, lehrte an der Universität, und das heißt, Ilja stand sich ebenfalls nicht schlecht. Der Professorensohn legte sein Geld in Schallplatten und akustischem Gerät an, spielte begabt Gitarre, sang dazu und bearbeitete talentvoll das alte Klavier im Gemeinschaftsraum. Trotz Ermahnungen produzierte er allerdings Jazzmusik, die verboten war und deren öffentliche Ausübung jeden andern die Abituranwartschaft gekostet hätte. Der werdende Künstler wünschte sich, Mitglied einer Jazzband zu werden oder selbst eine zu gründen.

Was diese beiden Jungen bewog, ausgerechnet den stillen Georg unter ihre Fittiche zu nehmen, ist rasch gesagt, er bewunderte sie und hörte ihnen zu, nickte zu den hochfliegenden Plänen des einen wie zu den heiteren Liedern des anderen. Ihm gefiel es in diesem Landschulheim, das die Kinder aus den umliegenden Dörfern aufnahm und mit einer hohen Schule verbunden war. Es gab verschiedene Wege zum Abitur, dies war einer. Sollte Georg die Schule erfolgreich abschließen, woran keiner zweifelte, dann stand ihm der direkte Weg zur Universität offen. Im Gegensatz zu seinen beiden Freunden wußte Georg allerdings nicht genau, was er werden wollte, kannte nur die Richtung; etwas wie Ingenieurwissenschaft mußte es wohl sein. An den Wochenenden fuhr er wie die anderen nach Hause, kehrte aber oft früher zurück. Für Georg entfiel die Arbeit im Hause und in der väterlichen Werkstatt; er gewann Zeit für sich, aber diese freie Zeit verbrauchten seine Freunde. Georg reparierte ihnen die Mopeds und die Radios und setzte ihre Einfälle in technische Lösungen um. Beide erkannten seine Überlegenheit in praktischen Dingen an.

Über den Winter sahen sich Georg und Barbara wenig. Bevor er jedoch bei anbrechender Dunkelheit zur Bushaltestelle aufbrach, gab er ihr ein Zeichen; so trafen sie sich wenigstens eine Stunde. Im Frühjahr, als die Abende heller wurden, verlängerte sich diese Stunde. Allerdings mußten sie auch besser aufpassen, um nicht gesehen zu werden, denn das Verhältnis der beiden Familien verschlechterte sich weiter, obwohl Georg nicht viel davon wahrnahm.

Über Mädchen wurde viel geredet. Georg hörte zu, was die beiden Fachleute über Liebe mitzuteilen hatten.

Markus und Ilja tauschten ihre Gedanken aus, ohne Georg einzubeziehen. Sie nahmen an, daß er auf diesem Gebiet nicht mitreden konnte. Wie man ißt, trinkt, ruht, sich bewegt, Sonne und Licht genießt, so seien Männer und Frauen füreinander Genußobjekte. Frauen gehörten zu den Lebenspflichten, genau genommen; eine Freude über das hinaus, was ihnen von Natur mitgegeben, böten sie nicht. Fairerweise gelte das auch umgekehrt. Ilja stimmte Markus hierin zu, erweiterte diese Vorstellung jedoch um ein neues Element, er wollte immerhin eingeräumt wissen, daß die eine oder andere auch ein Gesprächspartner sein könne, könne, nicht müsse.

«Ich kann es mir jedenfalls nicht vorstellen zu heiraten», stellte Markus sachlich fest, «wirklich nicht, ich brauche nur an meine Mutter zu denken.»

«Ewig kann man es aber so nicht treiben», meinte Ilja.

«Was heißt schon ewig!»

Man wird zugeben, daß so originelle Denker wie Markus und Ilja, die in jungen Jahren bereits zu wichtigen Erkenntnissen gelangt waren, ein Gewinn sind. Über den philosophischen Marxismus mit seinen Kernsätzen, die jeder Siebzehnjährige kennt wie die Christenheit das Amen, ließen sie sich ebenfalls häufig vernehmen; wie gesagt, Georg bewunderte sie sehr.

«Hast du eigentlich eine Freundin», fragte Ilja und brachte Georg in eine schwierige Lage. Sollte er ja sagen? Wen hätte er dann beschreiben müssen, die Nachbarstochter? Für seine Freundin hielt er sie seit der Küsserei, empfand aber doch Scheu, sie vor andern so zu nennen. Wie weit waren sie gegen den Lauf der Welt zurück in seinem Dorf, vielleicht in allen Dörfern? Diese nachbarliche Feindschaft war ja lächerlich. Sollte er das alles ausbreiten vor diesen beiden vorurteilslosen Helden, die keine Beschränkung anerkannten?

Er sagte: «So richtig wohl nicht. Auf dem Lande kennt

einer den andern, weiß, was der andere tut. Nichts bleibt verborgen. – Würdet ihr mich besuchen, wenn ich euch einlade?» fragte er unvermittelt.

Markus antwortete überrascht: «Ja natürlich, gern. Warum denn nicht?»

Eines Sonntags kamen alle drei nach Groß-N. Es war das erstemal, daß Frau Zander Freunde ihres Sohnes eingeladen hatte, und es war allerdings ein sonderbares Bild, als der frühreife Markus in ausgewaschenen Niethosen – er und Ilja hatten es auf Grund der Stellung ihrer Eltern durchgesetzt, daß sie im Internat Jeans tragen durften – an den Familientisch trat. Zander trug Sonntagsstaat, so wie er seit eh und je an Feiertagen gekleidet ging, Anzug, Hemd und Schlips. Frau Zanders Kleid hatte zu große Blumen.

Es gab Suppe, Braten und Süßspeise, Kuchen und Kaffee, alles fett und ländlich-reichlich; Berge von sahnig gerührten Kartoffeln, abgezogene Pfirsiche und goldgelb gebratene Enten; zwei, denn es handelte sich immerhin um fünf Personen, junge Menschen, starke Esser. Zander saß schweigsam und verärgert zwischen den Freunden seines Sohnes; ihm gefielen der Aufzug und das Gehabe dieser Jugend wenig. Er stellte Fragen, aber beide jungen Männer gaben überlegene Antworten und sachliche Erklärungen ab. Zander kam sich vor wie ein Trottel, als sie über Pferdestärken von Motoren sprachen; und als er auf die Unerfahrenheit der Jugend anspielte, half ihm sein Sohn auch nicht gerade mit der Bemerkung: «Markus wird Flieger.»

Zander mußte zugeben, daß Segelfliegen etwas Besonderes war. Aber er hielt nicht viel von jungen Leuten, die hoch hinauswollten. Zu seinem Sohn paßten sie nicht. Markus schilderte auf Fragen Frau Zanders die Empfindungen beim Gleitflug in großer Höhe und völliger Einsamkeit; die vorbeistreichende Luft verursache ein singendes Geräusch, Klang der Unendlichkeit.

«Und später werden Sie Kampfflieger», fragte Zander.

«Hoffentlich gibt es nie mehr Krieg», sagte seine Frau.

«Da stimme ich Ihnen zu», schloß Markus, der endlich bemerkte, wie wenig er den Eltern Georgs gefiel.

Nach dem Essen gingen die Jungen zum Fluß. Georg machte sie mit Barbara bekannt. Er hatte gewußt, daß er sie heute treffen würde, zwar stellte er sie nicht ausdrücklich als seine Freundin vor, aber er ließ es zu, daß sie ihren Arm um seine Hüfte legte. Die beiden anderen taten, als bemerkten sie davon nichts, was Georg nicht entging. Schließlich mußten sie ins Internat zurück.

An diesem Abend redeten die Jungen bis spät in die Nacht hinein. Georg erzählte ihnen, wie es um die Nachbarschaft stand, was er mit Barbara hatte.

Markus sagte: «Ich bin mir bei euch vorgekommen wie in einer anderen Welt. Ich habe natürlich keine Ahnung, wie du wirklich lebst, kann mir kein Urteil über deinen Vater erlauben. Entschuldige schon, aber soviel Kleinbürgerliches konnte ich mir nicht vorstellen. Und deine Barbara? Hat es denn keine andere gegeben? Die ist ja noch ein Kind, aber sie ist es auch wieder nicht, sonst hätte sie nicht sofort in mir den Rivalen gewittert, der dich ihr entfremdet. Ilja wird es ähnlich ergangen sein.»

«Warum hast du uns eigentlich eingeladen», fragte Ilja. «Das möchte ich gern wissen.»

«Ich hätte euch kaum in einer Woche soviel über mich erzählen können, wie ihr an einem Tag gesehen habt.»

«Du bist ein Schlitzohr», sagte Ilja, «paß auf, daß du nicht in die Grube fällst, die du andern gräbst.»

«Ich denke», sagte Markus, «er ist schon längst reingefallen.»

# 9

Lange Zeit schien alles in Ruhe zu verharren; Georg lernte, kam zu den Wochenenden und in den Ferien nach Groß-N., er und Barbara trafen sich nach wie vor heimlich. Jetzt nannte er sie schon seine Freundin, aber er tat nichts mit ihr, was er nicht verantworten konnte. Das heißt, ihm war durchaus bewußt, wo ihm die moralische Grenze gezogen war. Wie ihm schien, war auch Barbara damit zufrieden, mit dem Hand-in-Hand-Gehen – zwar auf einsamen Wegen, aber doch miteinander –, den Küssen und den wechselseitigen Liebesversprechen. Er sprach öfter von seinem künftigen Beruf, Ingenieur, wahrscheinlich Landtechniker wollte er werden. Sein Vater hatte richtig vorausgesehen, als er damals zu dem Sohn über die mögliche Zukunft des Dorfes sprach. So war es gekommen; die Genossenschaft stand auf festen Grundlagen, produzierte mehr und mit anderen Methoden. Wissenschaft und Technik hielten Einzug und veränderten das Dorf.

Für Georg überwogen die positiven Ansätze dieser Entwicklung. Er liebte sein Dorf und das Landleben, so wie er es kannte. Andere historische Verhältnisse interessierten ihn wenig, sie entzogen sich seiner Beurteilung. Allmählich begann die Wanderung vom Dorf in die Stadt und umgekehrt; Mitte der sechziger Jahre zogen noch zahlreiche junge Menschen in die Dörfer, namentlich in die des Nordens. Georg stand vor dem Abitur. Er wurde vor dem Gesetz erwachsen, wovon sein Vater kaum Kenntnis nahm; ein Achtzehnjähriger bedeutete für ihn nicht viel. Mit achtzehn stand einer gerade am Anfang, meinte Zander. Er hielt die Herabsetzung der Volljährigkeit für einen Mißgriff. Zu seinem Sohn hatte er ein gutes, wenngleich patriarchalisches Verhältnis, verlangte Gehorsam und hätte sich unter allen Umständen gegen den Sohn durchzusetzen gewußt, aber Georg widersprach ihm auch dann nicht, wenn er anderer Meinung war. Mit der Mutter verband Georg ein ähnliches Gefühl, er gab ihr nach, aber er gab auch Barbara nach und seinen Freunden, eine Haltung, die, früh angelegt, ihm bald nicht mehr viel helfen sollte. Er kam in der Schule gut mit, weil er fleißig und gewissenhaft lernte, nicht aber wegen seiner Intelligenz. Markus würde ein schlechtes Abitur ablegen, und Ilja hielt die Anstrengungen des Lernens, soweit es ihn selbst betraf, für gänzlich überflüssig. Er durfte jetzt mit öffentlicher Genehmigung eine Jazzkapelle leiten, und alle Jungen des Internats durften Niethosen tragen; man erinnere sich, mit dem sogenannten Jugendkommuniqué war eine Wende eingetreten, die Ilja erlaubte, seinen Neigungen nachzugehen, mehr Musik zu betreiben als Mathematik. Für Markus hatte es nie eine Schranke gegeben; er lebte über den Wolken und unter dem blauen Himmel, ein Alleinflieger und Ausnahmemensch.

Der Weg, den die Geschichte der beiden Liebenden nahm, verlief schnurgerade; eher hätte es die Dörfler gewundert, wenn Barbara und Georg einander verloren hätten als umgekehrt. Was rückblickend und von außen betrachtet nach abgefeimter Planung von seiten Georgs aussah, das war, als es kulminierte, doch auch Zufall. Er war achtzehn und hatte gerade das Abitur bestanden; seine Eltern konnten ihren Stolz auf den Sohn nicht unterdrücken. Vor ihm lag eine glückliche Zukunft, wie Georg glaubte; alles schien ihm in seinem kurzen Leben gelungen, und wenig sprach dafür, es könnte einmal nicht so sein wie jetzt.

Auch Barbara war froh und stolz auf ihren Freund, an dem sie seit Jahren in weiblich-naiver Liebe hing, über dessen Weg sie eifersüchtig gewacht hatte. Nun, da er ganz weggehen und noch seltener zu ihr kommen würde, beschlich sie doch Furcht, er könne sich von ihr abwenden, obschon er immer neu erklären mußte, daß er sie liebe. Mit ihren zwölf Jahren war sie frühreif, zu rasch entwickelt und lebenshungrig, ohne genau zu wissen, wie sie ihren Hunger stillen konnte. Dieses Wissen sollte er ihr schenken.

Die Tage bis zu seiner Abreise nach D. zum Studium verbrachten sie gemeinsam. Es war Sommer. Barbaras Eltern hatten ihre Sorgen und Pläne, sie schienen es aufgegeben zu haben, ihre Tochter vom Nachbarssohn fernzuhalten, und Georgs Eltern sahen nicht, mit wem er ging, oder sie wollten es nicht sehen, hofften, er werde durch sein Studium in der Großstadt abgelenkt sein, sich durch die neuen Anforderungen seiner Kindheit ganz entledigen und Barbara vergessen. Andere Stadt, andere Mädchen, ein fast erwachsener Mensch; was sollte noch schiefgehen? So waren die beiden sich selbst überlassen.

Die Wege am Fluß, die verschwiegenen Stellen, die alte Mühle, dieses ländliche, natürliche Milieu, freilebende Tiere, die Süße des Hochsommers mit seinen langen heißen Abenden und den strahlenden Farben des ewig langen Lebens schufen in beiden eine ruhige Bereitschaft zum Dasein, eine Gemeinsamkeit in den Empfindungen, wie sie sie nie zuvor erlebt hatten. Gerade weil sie sich lange hatten absondern müssen, weil ihre Liebe seit Jahren auf die Probe gestellt wurde, genossen sie jetzt die Ruhe und das Glück ihrer Zuneigung.

Georg war anders geworden, fand das Mädchen. Einerseits hatte er alle Hemmungen ihr gegenüber verloren, suchte die Berührung, und sie bekam nun endlich, was sie immer gewünscht hatte: Er übernahm die aktive Rolle. Er führte sie, er machte etwas mit ihr, zeigte ihr seine Liebe und redete nicht nur davon. Früher war sie immer diejenige gewesen, die ihn reizen, locken und verführen mußte. Jetzt erntete sie, was sie gesät hatte. Daß er sich freier fühlte, seine Rolle in ihrem Leben angenommen hatte, bewirkte andererseits ein Wandel in seinem übrigen Verhalten; er kehrte nicht mehr den Erziehenden heraus, er wollte nicht mehr alles besser wissen, er wußte wirklich alles besser, das hatten sie beide zur Genüge erfahren.

Barbara hatte keine Eile, sie drängte ihn nicht mehr zu Handlungen, sie wartete mit Geduld; bevor er fahren würde, mußte er sie nehmen, das wußte sie, sie fühlte es. Jedenfalls hätte es nur eines Anstoßes von ihrer Seite bedurft, um ihn dazu zu bewegen. Am Ende dieses Sommers konnte nur die Vereinigung stehen.

Eines Abends – es war noch immer heiß, aber die Tageswärme wich allmählich der Frische – lagerten sie am Ufer des Flusses. Ihm fiel ein, daß unweit von hier einst ihr Floß gescheitert war, daß oberhalb dieser Stelle die Mühle lag, er bekam jetzt schon Heimweh nach dem Ort des Glücks, bevor er ihn verlassen mußte, und er ahnte, daß wenn er zurückkam, alles ganz anders sein würde. Er drängte sich an sie; heiß fühlte er ihre Haut durch den Stoff ihres dünnen Kleides; er streifte es ab, sie half ihm und legte sich zwischen seine Beine, den Kopf zu ihm erhoben. In ihrem Blick las er Erwartung auf das Kommende; er war froh, daß sie beide alle Hindernisse zueinander überwunden hatten. Sie küßte ihn, ihre Haut schauerte unter einem Windhauch. Sie legte sich auf den Rücken, und er legte sich über sie. Ihr Körper kam ihm entgegen, alles ging ganz leicht, bis er den scharfen Schmerz fühlte. Sie blieben bis zur Dunkelheit beieinander.

Jetzt brauchten sie sich keine Versprechen mehr zu geben, ihre Körper hatten gesprochen, es war klar, was kommen mußte: In ein paar Jahren würden sie irgendwo zusammen leben, Kinder haben, arbeiten.

Sie trennten sich erst vor den Häusern ihrer Eltern, unbekümmert darum, ob sie gesehen wurden. Die Fenster sahen dunkel und drohend aus, hinter den Scheiben flimmerten die bläulichen Schatten der Fernsehbilder. Ihnen kam gar nicht der Gedanke, sie könnten beobachtet werden, und es wäre ihnen auch gleichgültig gewesen.

Er küßte sie leicht auf die Wange. Sie legte den Arm um seinen Hals und küßte zurück.

«Dann bis morgen», sagte er.

«Bis morgen», sagte sie, «natürlich.»

An sich empfand es keiner der Dörfler als bemerkenswert, daß sich Nachbarskinder, die miteinander aufgewachsen waren, einander zuneigten. Auch ihr Alter erregte keinen Anstoß, Barbara schien allen ziemlich entwickelt, als daß viel über ihr Alter nachgedacht wurde, und Georg war ohnehin bei den Leuten anerkannt. Gespannt waren die Dörfler vielleicht noch darauf, was die Elternpaare sagen würden, wenn sie von dem Verhältnis ihrer Kinder zueinander erführen. Aber es bliebe ihnen kaum etwas anderes übrig, als den Zustand ertragen zu lernen, der sich aus ihrer Verwandtschaft ergab. Wenn erst die Enkelkinder der Zanders wie der Behrends durch den ewig schadhaften Zaun krochen, änderte sich sowieso alles.

Bei aller Neugier und gelegentlicher Schadenfreude war die öffentliche Meinung durchaus auf seiten der Kinder, die auch etwas von dem freundschaftlichen Klima um sich herum spürten. Hand in Hand durchs Dorf zu gehen, das wagten sie nicht. Aber es gibt ja doch Zeichen, die jeder Eingeweihte zu deuten versteht, etwa die Sprache der Augen oder, für scharfsichtigere Beobachter, die Körpersprache. «Die frißt den Jungen mit den Augen auf», versicherten die Frauen, die es aus eigener Erfahrung wissen mußten. «Durch die geht es wie ein Schlag, wenn der Georg auftaucht.» – «Na ja, Nachbarn, wir waren auch mal jung. Wenn ich daran denke und an meine Ehe, an meinen Kerl, worauf ist es schließlich hinausgelaufen?» Oder eine Frau redete ganz unverblümt: «Nun macht mal, verlobt euch, kümmert euch nicht um die Alten!»

Daher wiegten sich Barbara und Georg in Sicherheit. Es geschah auch nichts, so als würden beide Elternpaare nichts sehen, nichts hören. In Wirklichkeit trieb die Feindschaft auf einen Höhepunkt zu. Die Männer redeten kaum noch miteinander, nicht einmal mehr bei der Arbeit. Immer geringschätziger sah Behrend sich von dem ihm verhaßten Zander behandelt, die Frauen taten so, als wäre die andere Luft. Georg reiste nach D. Er lebte wieder in einem Internat, kam aber regelmäßig nach Groß-N., um sich mit Barbara außerhalb des Dorfes zu treffen.

Von einer Heirat oder über eine gemeinsame Zukunft hatten sie nicht viel geredet. Barbara ging davon aus, daß sie und Georg, sobald er allein handeln durfte, heirateten. Bisweilen kam es Georg in den Sinn, mit seinen Eltern zu sprechen. Aber ihn schreckten die Bemerkungen seines Vaters über die Nachbarsfamilie so stark ab, daß er eine Aussprache immer wieder hinausschob. Außerdem kannte er seine Eltern zu genau, um nicht zu ahnen, daß sie alles tun würden, diese Ehe zu verhindern. Dem Mädchen war im übrigen gleichgültig, was ihre oder seine Eltern taten oder unterließen, solange sie Georgs Freundschaft besaß.

Es brach von einer anderen Seite los, ohne das Zutun der Kinder.

# 10

Eines Tages fuhr Behrend in schwer angetrunkenem Zustand einen Traktor vom Werkstatthof der Genossenschaft. Er verlor die Beherrschung über die Maschine, durchbrach, ohne ganz mitzukriegen, was er tat, eine Wand und richtete hohen Schaden an, ehe die Zugmaschine zum Stehen kam. Aus eigener Kraft konnte er die Kanzel nicht verlassen, man mußte ihn herausheben, er verlor das Bewußtsein, und man brachte ihn nach Hause. Dort schlief er seinen Rausch aus, kam ein paar Tage lang nicht zur Arbeit, erschien schließlich doch, tat aber so, als sei nichts geschehen. Zuletzt behauptete er, vom Schlag getroffen zu sein. Zander sagte vor allen anderen, wie es sich in Wirklichkeit verhalten hatte. Nur durch Zufall sei niemand ums Leben gekommen, und deshalb werde Behrend auch nicht ins Zuchthaus wandern. Leider. Und dann folgte der Halbsatz, der Behrend wie ein Peitschenhieb traf: «Wohin er eigentlich gehört.»

Behrend wurde blaß; er war in den letzten Jahren überhaupt gealtert, wie Zander feststellte, das kalkige, kranke Gesicht wurde von tiefen Furchen durchzogen, gelblich standen die Augäpfel hervor, die Leber schien stark geschädigt. Der Arzt, der Behrend behandelte, hätte seinem Patienten zuerst den Alkoholgenuß untersagen sollen.

Behrend wußte ziemlich gut, was mit ihm gewesen. So betrunken konnte er überhaupt nicht mehr werden. «Das hat ein Nachspiel, mein lieber Nachbar», sagte er, drehte sich um und ging.

Zander rief ihm höhnisch nach, er werde dafür sorgen, daß ihm ein Nachspiel nicht erspart bleibe. Dann könne Behrend sich das neue teure Auto in der Scheune begucken. Behrend reagierte auf die Anspielung nicht; er hatte bereits einen Plan gefaßt.

Zu Hause trieb Behrend seine Tochter in die Stube, rief nach seiner Frau und gab, als Frau Behrend fragte, was denn los sei, keine Antwort, sondern riegelte die Tür zu. Diese an sich lächerliche Vorkehrung sollte den Frauen vor Augen führen, wie entschlossen er war, die Wahrheit zu ergründen. Nur was er eigentlich tun könnte, wußte er nicht. Er musterte seine Tochter, ahnend, daß die Befriedigung seiner Wünsche bei ihr lag. Sich setzend, fragte Behrend: «Was quatschen die Leute über dich und den Bengel von nebenan?»

Frau Behrend sagte warnend: «Was soll das jetzt? Meinst du, das nutzt uns was? Sauf nicht soviel, ich habe dich immer gewarnt. Was haben sie denn dazu gesagt?»

«Saufen doch alle», sagte er, «ich will erst mal die Antwort von deiner Tochter hören.»

Barbara hob die Schultern; den Vater hatte etwas Schwerwiegenderes aus der Ruhe gebracht als die Entdeckung, daß die Leute über sie und Georg redeten.

«Rede, sonst wisch ich dir eine rein!»

Sie bequemte sich: «So schon gar nicht.»

«Du sprichst mit deinem Vater», sagte Frau Behrend ermahnend. Sie spürte, daß ihr Mann tief gekränkt worden war. Sicher, er hatte den Unfall zu leicht genommen, überhaupt verkam er immer mehr im Schnaps, aber er war ihr Mann.

«Die Leute sagen, nein, ich will dir lieber erzählen, was ich mit eigenen Augen gesehen habe.» Behrend wandte sich seiner Frau zu. «Überrascht hab ich die beiden im Bus, sie haben sich abgeknutscht wie im Film. Die müssen doch mal aufhören, denke ich noch, die müssen ja mal Luft holen, da läßt sie sich auch noch von ihm befummeln wie eine Nutte! Gesehen haben sie mich nicht, konnten sie auch gar nicht, so beschäftigt, wie die gewesen sind. War es so?» fragte er seine Tochter. «Sag es deiner Mutter! Wag es, sie zu belügen!»

«Ich gehe sowieso weg», sagte Barbara.

«Na los, dann aber gleich», heulte Behrend. «Bevor du gehst, will ich alles wissen!»

Barbara fand ihren Vater bloß noch lächerlich. Wie konnte sie ihm «alles» sagen, und was verstand er darunter? Auch Frau Behrend ging das zu weit. Sie wollte sich gerade ins Mittel legen, als er sagte: «Die machen's ja heute schon im Kindergarten! Wir sind jahrelang Spießruten gelaufen bei dem da drüben! Ins Zuchthaus will er mich bringen! Und mit dem Bengel hat die da was, pfui Deibel!»

«Laß eben die Sauferei», sagte Frau Behrend, «du siehst ja, was dabei rauskommt.»

«Hör auf zu brasseln», sagte er, «das wird sich jetzt alles ändern. Wir sind in den paar Jahren ganz gut hochgekommen, und der Zander ist runtergekommen. Bald wird er ganz am Boden liegen. Mit dem Zuchthaus ist Quatsch, aber den Ärger muß ich schlucken. Nur mit Barbara, das wird nichts!»

Frau Behrend überlegte. Gewiß, sie waren reich geworden, und Zanders hatten nicht mithalten können. Das hatte allerdings deren Stolz nicht gebrochen. Aber kam es denn auf Stolz an? Wenn es der Zander gefiel, sich für was Besseres zu halten, warum nicht? Geld regiert die Welt, und wer es hat, dem läuft es nach. Zanders hatten keins, bloß den affigen Stolz.

Barbara war durchaus nicht eingeschüchtert. Der gekränkte Vater würde ihr bald nichts mehr zu befehlen haben. Überhaupt, was die beiden Alten hier boten, war quälend-nutzlos. Sie sagte: «Was geht es euch eigentlich an, ob ich was mit Georg habe? Und wenn, dann sag ich es euch zuallerletzt.»

Die Mutter fragte: «Da hat Vater also recht?»

«Klar hab ich recht», sagte Behrend aufgeräumt, «die machen es alle. Glaub mir!»

«Schrei mal nicht rum», sagte die Mutter, «es kann jetzt Ernst werden.»

Erst bei der frechen Antwort ihrer Tochter war ihr aufgegangen, daß er keineswegs nur eine Redensart gebraucht hatte. So konnte es sein. Stimmte aber, was er glaubte, und gestand Barbara ein, daß sie und Georg ein wirkliches Verhältnis hatten, keine bloße Kinderfreundschaft, dann gab es die Möglichkeit zu einer Rache an den hochnäsigen Zanders für all die Jahre der Demütigungen. Allerdings fiel ihr auch sogleich ein, wie schäbig sie dastehen würden, sollte es sich so verhalten. «Laß mich mal allein mit der da», sagte sie zu Behrend. «Ich hab mit deiner Tochter zu reden!»

Ohne zu verstehen, nickte er, stand aber auf und tätschelte seiner Frau im Vorbeigehen den Kopf, worauf sie unwirsch sagte: «Laß den Blödsinn!»

«Erzähl mir alles», sagte die Mutter, als sie mit der Tochter allein war.

«Er will bloß Krach mit Zanders», sagte Barbara grollend, aber ihre Mutter war nicht abzulenken. Sie brauchte ihre Frage nicht einmal zu wiederholen. «Na ja, wir sind befreundet», gab Barbara zu, denn sie hing an ihrer Mutter, hatte auch keine schlechten Erfahrungen mit ihr gemacht.

«Und wie weit geht die Freundschaft», die Mutter dachte nicht daran, sich mit einer halben Antwort zufriedenzugeben.

«Wir haben uns manchmal geküßt! Da hat er recht!»

«Das weiß ich schon, dein Vater hat es gesehen, also kannst du es nicht bestreiten! Nun, paß mal auf, mein Kind, wenn du hier nicht reden willst, bei mir, dann geht das auch anders!»

Barbara horchte auf. Gab es eine Möglichkeit, ihr die Wahrheit zu entreißen? Und warum hielt sie überhaupt damit zurück? Worauf es ankam, wußten die Alten schon, nämlich daß sie und Georg entschlossen waren, zusammen wegzugehen. Was also noch? Was sollte und konnte sie ihnen denn noch erzählen? Sie fragte aber doch: «Was meinst du mit ‹geht auch anders›?»

Der Alte kam in die Stube zurück, von Neugier getrieben, was seine Frau herausgebracht hatte; er hielt eine halbvolle Flasche im Arm und goß sich ein Glas ein.

Nachdenklich sah die Mutter zu und fragte: «Trinkst du immer allein?» Sie bekam ihren Teil aus der Flasche, hielt das Glas in der Hand und sagte: «Noch bist du nicht volljährig. Noch reden wir ein Wörtchen mit, wenn du wegziehen willst. Also?»

«Wir werden uns verloben.» Barbara log, davon war nie die Rede gewesen. Wollte die Mutter ihr die Sicherheit nehmen, Georg zu besitzen? Da er weit weg und sie hier allein in der Klemme saß, weinte sie auf. Nur einmal, sie sah ein, daß ihre Tränen keinen rührten, nicht die Mutter, nicht den Vater. Irgendwas schien ihre Mutter noch zurückzuhalten, sie war zu still, zu selbstgewiß, aber was?

Frau Behrend sah ihren Mann an, einen wirklichen Plan, eine Strategie hatte er nicht gehabt, nur ein Gefühl, daß er Zander durch etwas überlegen war, ihn in der Hand hatte. Womit, darüber mußte er wohl nachdenken. Vielleicht traf es die Nachbarn, sie mit der Unmoral ihres Georg öffentlich bloßzustellen, so ehrpusselig, wie die waren.

«Laß sein», sagte er zu seiner Frau, «die ist verstockt!»

«Also jetzt frag ich dich zum letztenmal, was hast du mit ihm gehabt, vielmehr, was hat er mit dir gemacht?»

Barbara beging einen Fehler, als sie hart dagegensetzte: «Und wenn du dich auf den Kopf stellst, von mir kriegst du nichts heraus!»

«Ich mich auf den Kopf stellen? Ich geh zur Polizei!»

«Was hat die Polizei damit zu tun?» fragte Barbara.

Behrend nickte überrascht. Was hatte die Polizei damit zu tun? «Mach keine Dummheiten, Mutter», warnte er. «Wozu schlafende Hunde wecken? Vielleicht zeigt mich Zander nicht an.»

Frau Behrend erwiderte: «Wenn es so ist, wie ich glaube, nämlich daß der Bengel sie mißbraucht hat, dann mußt du ihn anzeigen, dann ist das Verführung Minderjähriger. Er ist ja volljährig. Und dann kriegst du die Zanders so klein, daß sie dir aus der Hand fressen. Barbara? Solch ein Kalb versteht ja nichts vom Leben.»

«Du bist ein As, Mutter», sagte Behrend, «auf so was kann nur ein Weib kommen.»

«Zurückziehen kannst du die Klage immer noch», sagte sie, entschlossen zum Handeln.

Aber hier irrte sie.

## II

Das Gegenbild: Ein alterndes Ehepaar in einer Gaststätte auf dem «Ring», der neuerbauten Prachtstraße mit Restaurants und Eisdielen, Geschäften und Brunnen; D. konnte sich sehen lassen. Frau Zander kam sich eingeschüchtert vor in der Großstadt. Ihr fiel ein, wie lange sie nicht verreist waren. Sie trug eines ihrer alten großblumigen Kleider und eine Strickjacke darüber. Den Mantel hatte sie an der Garderobe abgeben müssen. Neben ihrem Stuhl stand eine große Einkaufstasche; kamen sie schon mal heraus aus Groß-N., dann mußte das genutzt werden. Ihr Mann im Sonntagsanzug und mit neuen Stiefeln. Das Paar hätte dennoch auffallen müssen. Diese beiden gehörten zusammen, etwas Solides, Ehrliches stellten sie dar.

Wie schnell war die Zeit vergangen! Immer hatten sie beide für ungeheuer zuverlässig gegolten. Leute, die sich mit Stolz und sicherer Ruhe aus dem Dreck rappelten. Beide hatten fleißig und redlich gearbeitet in den ihnen vom Schicksal zugewiesenen Verhältnissen. Zander gehörte zu den Umgestaltern des Dorfes, obgleich er eben nicht alles leicht und sofort annahm, was ihm empfohlen wurde, sondern immer lange prüfte, ehe er nachgab.

Der Sohn, seit er Großstadtluft atmete, sah plötzlich den Unterschied; der Vater, das Vorbild, nun ein beschränkter kleiner Mann mit verschrobenen Ansichten dörflicher oder kleinstädtischer Enge, die Mutter, eine gewöhnliche Frau, die sparte, wo es ging, und ihre Kleider selbst nähte. Ihr Ehrbegriff wirkte komisch, ihr Auftreten lächerlich; sie besaßen auch heute nichts als die Hütte der Kriegszeiten, trotz harter, unentwegter Arbeit. Und dann der unklare, vage Glaube des Vaters an ein irdisches Paradies der Gleichheit und der Gerechtigkeit, in das alle Menschen kommen würden, zumindest die Guten. Nun saßen sie hier, um ihre Ehre zu verteidigen.

Die Eltern wiederum sahen ihren Jungen an, und sie fanden ihn fremd geworden. Er trug nun auch Niethosen, auffallenden Haarschnitt; er flocht unbekannte Sprachfüllsel in seine Rede ein: Okay. Er trat forsch und selbstsicher auf, als ginge ihn nichts etwas an, als könne ihm keiner was anhaben, aber da irrte er sich gewaltig. Man lud ihn zu einer Vernehmung, das Schreiben war amtlich gekommen.

Zander hatte nie mit einem Gericht zu tun gehabt. Sich einem Verdacht auszusetzen, der ein Verbrechen einschloß, bedeutete für ihn einen unersetzlichen Verlust an Ehre. Er fragte seinen Sohn: «Was hat es damit auf sich?»

Aus dem Schreiben ging nichts Genaues hervor, ein paar Paragraphen waren aufgezählt; der Text ließ keinen Schluß auf ein Verfahren zu. Allein die Behörde, das

Kreisgericht, erschreckte Zander. Ein Gericht war eben ein Gericht.

«Ich hätte es euch sagen müssen», gab Georg zu. «Ich habe immer nach einer passenden Gelegenheit gesucht.»

«Was hättest du uns sagen müssen, und was nennst du eine passende Gelegenheit?»

Georg wand sich heraus: «Ihr seid selbst schuld, daß ich nichts sagen konnte.»

«Zum Donnerwetter», sagte Zander, «willst du endlich den Mund aufmachen! Hast du eine Scheune angesteckt? Eingebrochen? Gestohlen? Geraubt oder gemordet?»

Die Mutter: «Du kannst dir nicht vorstellen, was im Dorf los ist. Alle wissen, daß was mit dem Gericht läuft. Wir getrauen uns kaum noch unter die Leute.»

«Das ist doch Blödsinn», sagte Georg betroffen. «Was ich meinte, ist schnell gesagt. Ich bin froh, es endlich loszuwerden. Es geht um Barbara und mich.»

«Und das konntest du uns nicht sagen?»

«Kannst du das nicht verstehen», sagte Georg. «Das ging doch den ganzen Tag: Behrend hat dies, Behrend hat jenes. Was geht mich Behrend an. Wir haben alle Fehler.»

Betont langsam sagte sein Vater: «Solche Großvaterweisheit höre ich nicht gern, zumal ich zwischen Fehler und Fehler einen Unterschied mache. Einen Irrtum verzeihe ich jedem und helfe, wenn ich kann, ihn aus der Welt zu schaffen. Weitergehen kann ich nicht.»

«Wir hätten es doch nicht verboten», sagte Frau Zander einlenkend.

«Verboten vielleicht nicht», erwiderte Georg.

«Wozu drumherum reden», sagte Zander, obschon er wußte, daß er etwas Selbstzerstörerisches einleitete: «Ja, wir hätten uns nicht mit einem Säufer und einer Schlampe an die Hochzeitstafel gesetzt.»

«Das läßt sich nicht mehr rückgängig machen», sagte Georg.

«Das heißt, ihr habt miteinander geschlafen», fragte Zander, und als der Sohn zögernd nickte, «dann weiß ich, was sie von dir wollen, dann ist unsere Rolle im Dorf zu Ende.»

## 12

Für Dorf und Siedlung geschah, was die Liebesgeschichte der Kinder zum Verbrechen machte, vielmehr machen konnte, denn noch war keine Anklage erhoben. Unzucht mit einer Minderjährigen, sollte sich der Verdacht bestätigen – dann mußte der Staatsanwalt Anklage erheben. Das Dorf wußte, Behrends Anzeige hatte einen Hintergrund, eine fast zwanzig Jahre dauernde Geschichte. Behrend wollte sich rächen; so die erste Reaktion.

Wie aber stand es wirklich? Keiner wußte, ob die beiden was miteinander gehabt hatten. Es war auch gleichgültig, jeder Mensch, Frau oder Mann, hätte von Liebe und Unglück erzählen können. So verschlungen die menschlichen Wege auch sind, von Notzucht bis zur freiwilligen Hingabe, so lächerlich schien dem Dorf die Vorstellung von Unzucht im Zusammenhang mit diesen beiden jungen Menschen.

Behrend und Frau schritten allerdings wie Beleidigte durch das Dorf; sie führten gern ihre Tochter aus, um zu zeigen, wie sehr ihnen Barbaras Unschuld am Herzen lag. Sie hätten ihr gekauft, was sie sich wünschte, indessen wollte sie nichts geschenkt, schon gar nicht von ihren Eltern.

Dagegen schlichen die beiden anderen, Zander und Frau, wie geprügelte Hunde durch das Dorf, ließen sich, auch von Wohlmeinenden, nicht mehr anreden. Zander teilte noch die Arbeit ein, wie immer, fanatisch genau und redlich, entzog sich aber allem anderen, nahm an nichts mehr außerhalb der Arbeit teil.

Sein Parteisekretär ließ ihn kommen und zu dem Gerücht einer Anzeige Stellung nehmen, rücksichtsvoll unter vier Augen. Was von Zander als Angriff ausgelegt wurde: Vier Augen hieß doch, daß der andere ihn für erledigt hielt und nicht bloßstellen wollte. Ungeschickt verteidigte er sich; hinter der Anzeige stecke nichts anderes als der Racheakt eines versoffenen und verlumpten Kerls. Genossenschaft und somit Partei und sogar Staatsführung leisteten der Schlamperei Vorschub, wenn sie nicht auf seine, Zanders, Seite traten. Woher kam denn der neue Wohlstand?

Der Sekretär ließ ihn nicht weiterreden, sondern wies darauf hin, daß es sich im Augenblick darum handele, ob Georg angeklagt und verurteilt werde und welche Folgen das für ihn, Zander, hätte. «Wer im Glashaus sitzt, soll nicht mit Steinen werfen», sagte er.

Nun war der Sekretär jung, jünger als Zander, und er kam aus der Großstadt, studiert und geschult, die nächste Generation rückte allmählich auf. Dieser hier war ein rational denkender Mensch, der, um alle Hindernisse bei der Entwicklung des Dorfes schnell zu beseitigen, Nebensächliches von Wichtigem trennte. Daraus ergab sich ein Gegensatz zwischen Zander und ihm, vielmehr ein Unterschied in den Auffassungen. Zander erklärte: «Hätten wir damals nur den Erfolg im Blick gehabt, die Taktik im Handeln, würdest du jetzt nicht hier sitzen.»

Ein wenig ungeduldig lieferte der Sekretär die Gegenerklärung: «Was *ich* tue und lasse, ist eine Frage; ob du mit deinem Verhalten Schaden anrichtest oder nicht, eine andere. Um die letztere geht es.» Obschon diese Unterredung gespannt verlief, wollte Zander nicht daraus ableiten, daß ihn die Partei im Stich ließ. Trotzdem sagte er: «Nach meinem Ausschluß kannst du dich ja mit Behrend behelfen. Er macht sich sehr gut, denke ich.»

Da sagte der Sekretär: «Ich betrachte unsere Aussprache für beendet. Eins noch, nimm an, du bist Kraftfahrer und Mitglied der Kampfgruppe. Als solches hast du an einem Nachtalarm mit deinem Kraftwagen teilgenommen und, übermüdet, am Folgetag einen Menschen im Straßenverkehr totgefahren. Soll ich dir sagen, was mit dir geschieht? Du wirst aus der Partei ausgeschlossen, wenn dein Gerichtsverfahren anläuft. Vielleicht wirst du später wieder aufgenommen. Das kann, muß aber nicht sein. Denke drüber nach, ich werde es auch tun.»

Zander begriff, daß es um Kopf und Kragen ging.

Der Direktor bestellte die Lehrerin zu sich, die Georg entdeckt und auf die Oberschule geschickt hatte, und machte sie mit dem Ersuchen des Kreisgerichts bekannt, ein Leumundszeugnis für Georg zu liefern. Wie versteinert saß die Lehrerin vor ihrem Direktor. Man wird schnell alt auf dem Dorf als alleinstehende Lehrerin, wenn sich die Wünsche im Privaten wie im Beruf nicht erfüllt haben und wohl auch nicht mehr erfüllen werden. Die Geschichte dieser jungen Liebe berührte sie tief. Sie könne nicht glauben, sagte sie, daß der sozialistische Staat ein solch faules Recht über das Naturrecht stelle, sich also nicht vom alten Klassenrecht unterscheide; aber es ging ihr ähnlich wie Zander mit seinem Sekretär, der Direktor erwartete von ihr keine politischen Stellungnahmen oder juristische und soziale Würdigungen, sondern eine kurze schriftliche Erklärung über Georgs Charakter. Er bemerkte, es handele sich nicht um ihre Meinung zum Recht und zur Praxis des Rechts, wovon sie nichts verstünde, so wenig wie er, es handele sich für sie nur darum, dem Untersuchungsrichter oder wem immer einen Anhalt zu liefern, wie der Charakter des in

Frage kommenden Schülers einzuschätzen sei, mehr nicht und nichts anderes.

«Ich kann das nicht trennen», sagte die Lehrerin. «Übrigens weiß das ganze Dorf von dem Verhältnis der beiden. Ich erwarte, daß Sie und wir alle für diese saubere Jugendliebe eintreten.»

Der Direktor sagte: «Tun Sie, was Sie wollen, nur halten Sie mir kein Privatissimum in Jugendpsychologie. Von Romeo und Julia bis zu Frühlingserwachen kann ich Ihnen alle verrückten Beispiele von schönen Jugendlieben aufzählen und ihr Scheitern an den realen Verhältnissen. Daher rate ich Ihnen, verschließen Sie Ihr Herz, klagen Sie in freien Stunden, wenn Sie allein sind. Jetzt aber schreiben Sie das Leumundszeugnis. Sicherheitshalber will ich's sehen, bevor Sie es abschicken!»

Damit war sie entlassen.

Wer wollte, der konnte aus dem Fall sehen, daß die alten Geschichten immer wieder passieren, freilich im neuen sozialen Gewand. Natürlich gab es Menschen wie die Lehrerin, die sich sträubte, eine Wahrheit anzuerkennen, oder wie Zander. Beide versuchten sie mit ihren schwachen Mitteln, die Welt an ihre Vorstellungen anzupassen.

Wenn also diese alten Sachen noch passierten, dann mußte auch die alte Angst wieder auferstehen; eine alte Frau hatte im Gehölz einen Mann mit der blanken Axt gesehen, es fehlte nicht viel, und er wäre auf sie zugekommen, was sie lieber nicht hatte abwarten wollen. Eine gewisse Ähnlichkeit mit Zanders Georg habe bestanden. Die dem jungen Paar weniger nahegestanden hatten, fanden auch, daß die jungen Mädchen heute wenig achtgaben auf sich und daß die jungen Männer leichter zu Wüstlingen wurden als früher. Eine Erziehung, die schon im Kindergarten begänne.

Genug, es liegt im Ermessen jedes Lesenden, seine

Vorstellungskraft in dieser und jener Richtung hin anzustrengen und ein Urteil zu entwickeln; hier handelt es sich lediglich um den erzählerischen Versuch einer Rekonstruktion.

## 13

Der Untersuchungsrichter blätterte in der Akte; sie bestand aus der Anzeige und den verschiedensten, einander widersprechenden Leumundszeugnissen. Ermittelt werden sollte, ob das Kind wirklich Opfer von Unzuchthandlungen geworden war. Der Richter suchte nach einem leichten Anfang, er brauchte eine Beschreibung dessen, was Barbara Behrend geschehen, angetan worden war. Erst vierzehn Jahre alt sollte dieses Kind sein. Er ließ sich den Ausweis reichen und verglich das Foto mit dem Gesicht vor seinem Schreibtisch; er tat es, um Zeit zu gewinnen, denn ohne Anstrengung würde er nichts aus diesem Mädchen herausbringen. Das Ding machte keinen beschädigten, unglücklichen Eindruck. Im Gegenteil, es hatte einen gleichbleibend ruhigen Gesichtsausdruck, die dunklen Augen ruhten neugierig auf ihm, dem untersuchenden Richter. Sie war nicht schüchtern, sah auch nicht weg, wenn er sie streng musterte, das personifizierte gute Gewissen. Wollte er aus der Sache klug werden, mußte sie den Mund aufmachen.

Barbara hatte schlimme Wochen hinter sich. Aus dem feierlichen Gehabe der Eltern war ihr klargeworden, wie gefährdet ihre Liebe zu Georg war. Bei den zufälligen Begegnungen mit Leuten aus dem Dorf wuchs ihr keine Kraft mehr zu. Niemand redete, keiner äußerte sich zu der Sache, alle hatten sie ihr Verhalten geändert. Sie wußte wohl, was ein Untersuchungsrichter ist, welche Macht er hat; wenn sie zuviel sagte, machte sie wohl alles noch schlimmer. Vom Inhalt eines Gesetzes, das sie als minderjährig und Georg als erwachsen bezeichnete, sie vor ihm schützen sollte, begriff sie nur wenig.

Der Mann vor ihr war ein älterer Mann, ein Jurist und ihr fremd. Sein Gesichtsausdruck sagte ihr nichts. Es war das Gesicht eines Mannes, der seiner Arbeit nachgeht. Sein Amt, seine Stellung verliehen ihm eine besondere Art Macht, das begriff Barbara und blieb auf der Lauer.

Seiner Aufforderung, zu erzählen, was Georg mit ihr gemacht hatte, kam sie entgegenkommend nach; sie schilderte ihr und sein Leben als ein harmloses, geschwisterliches Verhältnis. Sie lebten in enger Nachbarschaft. Munter, beinahe überlegen erläuterte sie dem geduldig zuhörenden Mann, wie verfeindet die Eltern seien, daß seit Jahren der Streit hin und her gehe. Nun hätten sich ihr und sein Vater gezankt, wobei sie zugab, daß die Ursache zu dem Streit im Verhalten ihres Vaters gesucht werden müsse. Verschämt gestand sie seine haltlose Trinkerei. Es kam so heraus, daß sie eigentlich schon Partei für die Gegenseite nahm, was den Richter erstaunte. Von Georg redete sie wie von einem engen Freund, nein, mehr: sie und er wären sich längst einig. Nach Abschluß seiner Ausbildung, er studiere in D., und nach Ende ihrer Lehre, sie lerne Täschnerin in der Kreisstadt, würden sie zusammen leben. Das hätten er und sie sich vor Jahren versprochen.

«Vor Jahren?» Der Untersuchungsrichter unternahm einen ersten Versuch, in dieses Gespinst einzudringen, im Kindesalter demnach, aber Barbara sagte mit bedeutungsvollem Ernst: «Als er mich gerettet hat. Da war ich noch klein.»

Sie mußte auf Befragen auch die Rettungsgeschichte erzählen, aber lange konnte dieses Spiel nicht weitergehen, fand der Richter, der sich von dieser eigenartigen Kindespersönlichkeit fesseln ließ. Er forderte sie auf, zum Wesentlichen zu kommen.

«Hat er dich unsittlich berührt?»

«Wie?» Sie tat oder war erstaunt und zwang ihn zu Erklärungen.

«Hat er zum Beispiel deine Brust gestreichelt?»

«Ich habe alles gesagt.»

Er fand ihr Auftreten recht sonderbar; daß sie ihn hinters Licht führen wollte mit ihrer Dichtung über die Harmlosigkeit ihres Verhältnisses zu jenem Jungen, war offensichtlich. Nur, warum sie log, das war ihm nicht klar. Entweder hatte die Mutter ihr eingeschärft, nichts zu sagen, weil sie die Anzeige bereute, oder in den Fall waren andere Familienmitglieder verwickelt. Daß Leute solcher Art Anzeigen plötzlich zurückziehen wollten, Anzeigen, die sie im Eifer gemacht hatten, war nichts Neues, schon gar nicht bei Unzuchthandlungen mit Kindern. Gewöhnlich kam es gar nicht erst zur Anzeige, eben weil der Täter zur Familie gehörte und eine Verurteilung nicht nur sein Leben, sondern das Leben der ganzen Familie gestört oder zerstört hätte.

Da er mit seinen Überlegungen nicht weiterkam, beschloß der Richter, sie härter anzufassen, gab ihr zu verstehen, daß er sich nicht belügen lasse, und er sah, wieviel Anstrengung es sie kostete, sich aufrechtzuhalten und Georg zu schützen. «Es geht jetzt darum: Hat Ihr Freund, oder wie Sie ihn nennen wollen, mit Ihnen sexuelle Beziehungen gehabt? Und wenn, ab wann, das ist die entscheidende Frage. Darauf müssen Sie antworten!»

Er dachte darüber nach, ob es nutzte, ihr den Unterschied zwischen sexuellen und unsittlichen Handlungen klarzumachen; verzichtete aber darauf, vielleicht redete sie.

Sie fragte: «Und wenn, was geschieht dann mit ihm?»

«Dann wird er bestraft. Mit Gefängnis.»

Mit Genugtuung stellte er fest, daß sie zum erstenmal

die Fassung verlor, sie schwankte so heftig auf dem Stuhl, daß er fürchtete, sie falle zu Boden. Ihre Hände ballten sich zu Fäusten, schließlich gelang es ihr, sich wieder aufrecht zu setzen.

«Hat Ihnen das niemand gesagt?»

Stumm schüttelte sie den Kopf.

Da sie für den Augenblick nicht imstande sein würde, zu reden, ohne zusammenzubrechen, wie er wohl einsah, und dies lag nicht in seiner Absicht, beschloß er abzubrechen. Er empfand Mitleid, nicht weil er annahm, daß sie durch diesen Georg etwas verloren hatte, sondern weil er glaubte, daß sie es erst noch verlieren würde. Obschon er bisher nicht viel erfahren hatte, genau genommen, gar nichts, mußte, wie er sah, ein Verhör unter Druck alles zu Tage bringen. Um das durchzustehen, fehlten ihr die Jahre, die Erfahrung. Er entließ sie, stand sogar auf, gab ihr die Hand und lächelte zuversichtlich, so als habe sich soeben die Gefahr für Georg in Luft aufgelöst.

Als er allein vor der Akte saß, die um seine handschriftlichen Notizen angewachsen war, suchte er nach einem Ausweg für sich. Er brauchte Barbara nicht mehr zu hören, er wußte genug; dennoch mußte sie schildern, was Georg getan und was sie verursacht oder erlitten hatte, aber in diesem Fall sträubte sich alles in ihm, seine Pflicht zu tun. Diese kindlich übersteigerte Gefühlsliebe im Verein mit einem grenzenlosen Besitzverlangen mußte den Freund vernichten; ohne Zweifel schützte sie Georg, um ihn nicht zu verlieren.

Der Richter dachte nach, was er tun könnte. Beim nächsten Verhör mit Protokoll und scharfer Tonart würde sie zusammenbrechen und reden. Sie log, um Georg zu helfen. Hier war ihre Schwäche und sein Konflikt, aber am Ende blieb er der Stärkere. Bei ihm lagen alle Machtmittel. Ein Drittes gab es nicht. Ehe er sie zum zweitenmal vernahm, mußte er diesen Georg hören. Zuvor ließen sich zwei junge Männer bei ihm melden, die behaupteten, zu dieser Sache etwas aussagen zu können.

Der eine der beiden war Offiziersschüler, der andere behauptete, ein Jazzorchester zu leiten; der Untersuchungsrichter mußte darüber nachdenken, ab wann Jazzmusik, öffentlich anerkannt, gespielt werden durfte. In einem Punkt waren beide jungen Männer gleich: Sie vertraten aufgeregt und mit großen Gesten die Sache ihres in Verdacht gekommenen Freundes. Es amüsierte den Untersuchungsrichter, als Angehöriger eines fossilen Apparates bezeichnet zu werden, zumal er so tun durfte, als nehme er die beiden ernst. Er duldete sogar, daß ihm Markus eine Belehrung über das Liebesverhalten junger Menschen von heute erteilte, und tat, als ahne er nicht einmal, wie die Lage im freien Leben wäre.

Markus ging davon aus, wie übrigens viele juristische Laien, daß Richter und Anwälte weltfremd seien. Er sagte: «Wir sind zusammen im Internat gewesen, ich bin sicher, daß alle Initiative von dem Mädchen ausging. Georg ist eher zögernd, aber er ist auch durch und durch ehrlich und sich eines Unrechts, wenn es eins ist, nicht bewußt. Er könnte nicht begreifen, was mit ihm geschieht, sollte es zu diesem absurden Verfahren kommen.»

Der Richter sagte, bis zu einer Anklage sei es noch Zeit, und ferner sei es unerheblich, ob Georg ein Unrechtsbewußtsein habe oder nicht, wenigstens im Zusammenhang mit der Anklage.

«Was hat das Mädchen gesagt?» fragte Ilja, der Jazzmusiker.

Weil diese Frage etwas direkt gestellt war, sagte der Untersuchungsrichter: «Wenn Sie selbst Kinder haben werden, denken Sie anders. Davon abgesehen, haben Sie

Ihrem Freund einen schlechten Dienst erwiesen, Sie bestätigten mir nur, was ich vermutete. Offensichtlich gehen Sie davon aus, daß er Barbara mißbraucht hat; ich behalte mir vor, Sie als Zeugen zu laden. – Das Mädchen hat sich übrigens viel geschickter benommen als Sie», ergänzte er nicht ohne Ironie.

Markus sagte: «Ich erkläre, daß ich von nichts weiß! Und Ilja ebenfalls nicht!»

Hier fand es der Untersuchungsrichter an der Zeit, hinter dem Schreibtisch hervorzukommen und beide zu verabschieden.

«Was kann er kriegen?» fragte Markus.

«Gefängnis», sagte der Untersuchungsrichter ruhig. «Wer ein Verbrechen begeht, wird bestraft.»

«Mit Bewährung natürlich und allen nur erdenklichen mildernden Umständen», die jungen Männer sahen den Richter gespannt an.

«Keine Bewährung, nicht bei einem Verbrechen, nicht grundsätzlich. Davon können Sie ausgehen. Ich wiederhole es, das Gesetz sagt: Wer ein Verbrechen begeht, wird bestraft.»

«Aber man liest doch immer ‹zur Bewährung ausgesetzt›», sagte Ilja.

«Dann verstehen Sie nicht zu lesen», erklärte der Untersuchungsrichter.

«Wissen Sie, daß Georg sein Studium abbrechen muß, er wird es nicht wiederaufnehmen können. Wissen Sie, daß die Zanders Spießruten laufen in diesem dreckigen Kaff, daß nicht nur ein Leben vor die Hunde geht, wenn es zu diesem absurden Prozeß kommt? Zander hat ein verrücktes altmodisches Ehrgefühl. Und wissen Sie, daß ein liederlicher Kerl, halb verkommen im Schnaps, über ihn triumphieren wird? Reden Sie mit der Behrend! Vielleicht zieht sie die Anzeige zurück, wenn Sie ihr klarmachen, was alles passieren wird!»

Der Richter schüttelte den Kopf, er sagte: «Verwechseln Sie nicht Verbrechen, die Sache der Staatsanwaltschaft sind, mit zivilrechtlichen Prozessen. Wer Kenntnis von einem Verbrechen hat, ist verpflichtet, es anzuzeigen. Das gilt für den Laien wie für den Juristen. Und noch etwas: Der Richter macht keine Gesetze. Er sucht Recht innerhalb des Gesetzes.»

«So etwas habe ich doch schon mal gehört? Vom Richter, der an das Gesetz gebunden!» sagte Markus.

«Hören Sie», sagte der Richter, «versetzen Sie sich in meine Lage! Ich bekomme eine Anzeige auf den Tisch, an einem Kind ist ein Sexualverbrechen verübt worden», er hob die Hände, als Markus eine heftige Bewegung machte, «lassen Sie mich ausreden! Ich habe Sie auch angehört. Ich muß nach dieser Anzeige davon ausgehen, daß ein solches Verbrechen geschehen ist. Sie kennen nicht den Typ des Kinderfreundes, der rücksichtslos Leben zerstört, ich kenne ihn.»

«Aber das trifft doch nicht auf Georg zu», sagte Markus.

«Woher soll ich das wissen? Und woher wissen Sie es? Ich bin eben dabei, mir ein Bild vom Charakter der Menschen zu machen, die möglicherweise in diesen Fall verwickelt sind. Barbara hat halb und halb gestanden, was Georg zur Last gelegt wird. Ich sehe wohl, daß zwischen beiden eine besondere Beziehung besteht, seit Jahren bestanden hat, die ein Verbrechen im moralischen Sinne ausschließt.»

«Na also», sagte Markus, «davon reden wir doch die ganze Zeit.»

«Im moralischen Sinne, nicht aber im Sinne des Gesetzes», erklärte der Richter.

Da die beiden jungen Männer schwiegen, benutzte er die Gelegenheit, sie zu verabschieden.

«Ist gar nichts zu machen?» fragte Markus.

«Anklage wird ohne Zweifel erhoben werden; wie das Gericht entscheidet, steht auf einem anderen Blatt.»

«Also gibt es doch eine Hoffnung?»

«Davon würde ich ausgehen», schloß der Richter. «Keinem ist mit einem durch die Justiz geschaffenen Fall gedient. Gehen Sie jetzt!»

Nach alledem war der Richter neugierig auf den jungen Mann, der so viele Fürsprecher hatte. Von Georg erhielt er eine genaue Schilderung dessen, was vorgefallen war. Einen besonderen Eindruck hinterließ der junge Mann nicht, es sei denn den der Unwissenheit und des grenzenlosen Vertrauens in etwas, was er als *Gerechtigkeit* bezeichnete. Georg wollte also nicht einmal geahnt haben, in welche Falle er getappt war. Insofern war der Eindruck, den er auf den Richter machte, gut. Alles schien klar und leicht zu überschauen, nie hatte der junge künftige Angeklagte Anstoß erregt, nie etwas Verbotenes getan, von Eltern und Lehrern, Ausbildern und Professoren hatte er sich leicht lenken lassen. Alle stellten ihm das beste Zeugnis aus, ein positiverer Mensch mußte erst noch gefunden werden.

Trotzdem gefiel er dem Richter nicht, vielleicht weil er allzu viele Fürsprecher fand und niemanden zum Feind hatte, nicht einmal die Behrends, die ihn zwar angezeigt hatten, aber kaum seine Verurteilung wünschten, wie sie bei der Vernehmung offen zugaben. Keiner war bisher aufgestanden und hatte gesagt, ein Mensch kann doch nicht mit allem im reinen leben! Er sieht Böses, Gutes! Er muß lernen, sich in dieser komplizierten Welt zurechtzufinden, ohne daß einer für ihn entscheidet. Er muß Konflikte durchstehen können.

An diesem Markus ist zum Beispiel vieles auszusetzen und an jenem Ilja desgleichen. Sie sind Persönlichkeiten, mit denen es sich lohnt zu streiten! Und die Lehrerin mit ihrem überschwenglichen Leumundszeugnis? Eine alternde Jungfer wahrscheinlich, die ihren Pflegetrieb an einem überangepaßten Schüler abreagiert, weil sie sich nicht getraut, ihr Leben nach ihrem Geschmack zu leben, ohne Furcht. Viel Mittelmaß, ausgenommen diese Barbara. Sie hat einen Anspruch gestellt, hat sich geholt, was sie wollte, zu früh, zu jung. Immerhin, jetzt reißt sie viele in den Abgrund. Zuletzt die Frage, auf die es hier ankam; Georg war gescheit genug, um zu wissen oder um sich kundig zu machen, was er tat, als er der Zwölfjährigen nachgab. Was heißt schon nachgab! Georg wußte ganz genau, daß er Verbotenes tat. Er war zuerst zu schwach, sich ganz hinzugeben, dann aber lief er im Trott einer Gewohnheit mit, kam auf eine Bahn, die Barbara wollte, hoffte auf die Zukunft, in der sich alle Lebensprobleme von selbst lösten. War es so?

Der junge Mann hielt den Kopf erhoben, er suchte den Blick des Richters in aller Aufrichtigkeit. Georg ging davon aus, daß nichts gegen ihn unternommen werden konnte. Das Gesetz kannte er, zumindest seit den Erläuterungen seiner beiden Freunde.

Der Richter sagte: «Sie haben immer gewußt, daß Sie es nicht tun durften. Sie haben ein zwölfjähriges Mädchen zum Verkehr verleitet. Haben Sie nie daran gedacht, daß Sie das Kind verletzen konnten? Daß eine frühe Schwangerschaft eintreten könnte?»

Auf diese Frage gab Georg keine Antwort.

«Sie wissen sogar noch das Datum, wann es zum erstenmal zum Geschlechtsverkehr kam», sagte der Richter, «also war Ihnen bewußt, was Sie taten und besser unterlassen hätten.»

Georg fragte zurück: «Was wird jetzt mit mir?»

«Die Staatsanwaltschaft wird Anklage erheben. Suchen Sie sich einen Rechtsbeistand.»

Barbaras zweite Vernehmung stand ganz unter dem Zeichen der neuen Lage. Der Richter wollte jetzt auch nicht mehr ausweichen oder sie schonen. Übrigens sah er gleich bei ihrem Eintreten, daß sie bereits wußte, was Georg gesagt hatte. Blaß und beunruhigt saß sie vor seinem Tisch, ihre Augen irrten umher, ohne Halt zu finden. Er schob die Vorstellung beiseite, sie könne durch das Folgende getrieben werden, Hand an sich zu legen. Ohne Einleitung verlangte er von ihr die Wahrheit. «Desto schneller haben Sie es hinter sich.»

«Wird er bestraft?» fragte sie.

Hier wich der Untersuchungsrichter aus; zwar tat er es diplomatisch, aber vor sich selbst half keine Beschwichtigung. «Wahrscheinlich nicht. Das kommt darauf an, was Sie uns mitteilen.»

«Dann will ich alles sagen.»

Sie gab an, was Georgs Aussage bestätigte, daß es im ganzen fünfmal zu «solchen Sachen» gekommen sei. Auf Nachfrage, wie «solche Sache» vor sich gegangen, erklärte sie sich genauer. Nunmehr gab es keinen Zweifel, es handelte sich um einen vollzogenen Beischlaf. Damit war die Voruntersuchung abgeschlossen. Mit dem Ergebnis hätte er zufrieden sein können.

Nachdem sich Barbara ausgesprochen hatte, saß sie wie erloschen da. Tränen liefen ihr übers Gesicht, sie wußte sich nicht zu helfen. Der Richter holte eine Kollegin, die er bat, sich um Barbara zu kümmern.

Man legte sie auf eine Trage, man brachte sie in den «Frauenruheraum». Sie schlief ein, erwachte erst, als das Haus abgeschlossen werden sollte, ein Polizeiauto mußte sie nach Groß-N. schaffen. Im Haus ihrer Eltern brannte kein Licht, nur der blaue Schein des Fernsehers war durch das Fenster zu sehen. Sie schlich in ihre Kammer. Als ihre Mutter kam, um sich zu erkundigen, wo sie so lange gewesen wäre, sagte Barbara, ihr Leben sei jetzt zu Ende. Die Mutter blieb bei ihr, aber sie sprachen beide nicht.

Vielleicht war die Rache an Zanders das alles nicht wert, vielleicht ging es noch mal erträglich ab? Wer hätte denn auch ahnen können, was ihre Anzeige alles nach sich zog? Und schuld war der alte Säufer, ihr Mann!

Das Urteil des Kreisgerichts wegen fortgesetzter Unzucht mit einem Kinde unter vierzehn Jahren lautete auf ein Jahr und sechs Monate Haftstrafe.

In der Berufungsverhandlung vor dem Bezirksgericht änderte das Gericht diese Strafe um in ein Jahr Gefängnis, in der Voraussetzung, daß sich die Unzuchthandlungen an dem Kind nur deshalb entwickeln konnten, weil die beiden seit Jahren in einem innigen Verhältnis zueinander standen, auch habe Georg seine Handlungen nicht in Zielrichtung des späteren sexuellen Gebrauchs des Mädchens begangen.

Der 5. Strafsenat des Obersten Gerichts beantragte mit Erfolg die Kassation zu Ungunsten des Angeklagten. Mildernde Umstände wurden verneint. Dazu hieß es: *In vorliegender Sache ist unter diesen Gesichtspunkten festzustellen, daß der Angeklagte mit dem Austausch von Zärtlichkeiten und unzüchtigen Berührungen des Mädchens begann, weil er sich der ihm durch das Kind entgegengebrachten Zutraulichkeit und Verschwiegenheit gewiß war. Beide vereinbarten, über ihr Verhalten Stillschweigen zu bewahren. Bis ins einzelne hat der Angeklagte dargelegt, wie er auf die zutraulichen Fragen des Kindes, ob er es auch liebe, bejahend geantwortet habe. Über Jahre hinaus hat der Angeklagte Unzuchthandlungen an dem Kind vorgenommen, und wenn er auch die Zusammenkünfte nicht systematisch herbeiführte, so hat er doch die sich günstig bietenden Möglichkeiten genutzt. Auch der weitere Gesichtspunkt aus der Begründung des Urteils des Bezirksgerichts, daß sich mildernde Umstände aus dem positiven Persönlichkeitsbild des Angeklagten ergeben, ist fehlerhaft. Im genannten Beschluß des Obersten Gerichtes wird dargelegt, daß nur tatbezogene Faktoren mildernde Umstände im Sinne des Gesetzes sein können.*

# VILLA TAGORE

Gut ist mir das Haus im Gedächtnis geblieben, obschon ich seit Jahren nicht mehr in der Gegend war. Der kleine Vorgarten mit den verästelten blaugrünen Wacholdersträuchern, rechts die schlanke Blautanne, über dem flachen Dach Windfahnen und ein zartgelber Aprilhimmel, mit einem Stich ins Grünliche. In kaum noch lesbarer Jugendstilschrift, dicht unter dem zur Straße zeigenden Giebel, *Villa Tagore.*

Es war ein sonderbares Haus, zweistöckig, mehr hoch als breit. Der Giebelbau enthielt einen dunklen Treppenaufgang, der oben eine offene, zum Dachboden hin verglaste Loggia bildete. Zu beiden Seiten des Giebelhauses, in gleicher Höhe mit ihm, Wohnungen. Ein Haus mit drei Giebeln also, in dem vier Familien wohnten, durchweg ältere Mieter, die sich wenig um den großen, hinter der Villa gelegenen parkähnlichen Garten kümmerten.

Auf den Nachbargrundstücken waren mit den Jahrzehnten, als die Stadtgrenze weiter vorrückte, Wohnhäuser aller möglichen Stile erbaut worden, Bungalows zuletzt, mit glatten kühlen Wänden und breiten Glasfronten, hinter denen sich die Besitzer wie Ausstellungsstücke bewegten. Alle diese älteren oder neueren Bauten wirkten neben der Villa Tagore mit ihrer scheinbar zeitlosen grünen Ruhe aufdringlich und protzig.

Zu der Loggia, die eigentlich keine war und ursprünglich überhaupt keinem Zweck diente, gehörte eine Dachwohnung, besser gesagt, eine große Bodenkammer mit einem wuchtigen, säulenförmigen Schornstein aus unverputzten Rotziegeln. Es schien, als trage er die

Dachkonstruktion. Eine Küche gab es nicht, wohl aber einen kleinen Verschlag neben der Bodenkammer mit Wasseranschluß und Toilette. Alles war später eingebaut oder ausgebaut worden. Tageslicht erhielt das Zimmer durch die Loggia.

Bis zum Ende der fünfziger Jahre wohnte ich in der Villa Tagore zur Untermiete bei Miklaicek. Dann zog ich um, und manchmal seh ich, besonders an langen Aprilabenden, das Haus in dem ausgedehnten Berliner Vorort wie durch zugefrorenes Fensterglas. In die Eisblumen taut der warme Atem märchengläubiger Kinder Gucklöcher, die erneut gefrieren – ein feines eisiges Kristallgespinst überwächst das friedliche Bild des Hauses mit den immergrünen Nadelhölzern davor.

Der Besuch Miklaiceks nach mehr als zehn Jahren brachte mir eine andere Erinnerung an die Villa Tagore zurück. Der Alte, im ausgebeulten Kordanzug, mit einer runden Tellermütze auf dem Kahlkopf, deren Stoff auf den vielfach gebrochenen Lackschirm herunterhing, fühlte sich spürbar unbehaglich. Die knorrigen, noch glatten Hände, dicht mit schwarzen Haaren bewachsen, strichen unruhig über das abgewetzte Jackett, glitten in die Hosentaschen und zogen mit einem Ruck die Hose über dem Bauch zurecht. An den Füßen trug Miklaicek, wie damals, verbogene Schnürstiefel.

Ich bot ihm einen Schnaps an.

«Bin so frei», sagte Miklaicek, wischte sich mit dem Handrücken über den eingefallenen Mund und goß den Schnaps hinunter.

«Nett, daß Sie mal kommen», sagte ich.

«Det weeß ick nich», sagte der Alte, «ob det nett is.»

Ohne Grund war er nicht hier, wußte ich. Er rechnete alles sozial Höherstehende zur Meschpoke, gegen die er ein tief wurzelndes Mißtrauen hegte. Ein Freund jeden Krakeels, hatte er nach dem Tod seiner Frau lange allein gelebt, in dauerndem Krieg mit den anderen Mietern, und mir nach langem Hin und Her das eine seiner beiden Zimmer überlassen. Wir waren gut miteinander ausgekommen; er hielt mich für dumm, und das hob in seinen Augen den Unterschied zwischen uns auf.

Der Alte setzte sich, nahm die Mütze ab und schob sie unter den Sessel. Er kramte eine Postkarte hervor.

«Sie hat jeschrie'm», erklärte er triumphierend. Seine wäßrigen Säuferaugen hinter den faltigen, welk gewordenen Lidern belebten sich.

«Ach, zeigen Sie her.»

«Ick les vor», sagte er ablehnend. Er setzte die Brille auf und las vor: «Ich habe Sehnsucht nach Dir, Eisenfresser. Deine Braut Billie Holiday.»

«Kein Gruß an mich dabei?»

«Nee», sagte er, mir die Karte reichend. Ich las nun selbst den kurzen Text in der kaum zu entziffernden krakligen Handschrift Gwendolinas. Auf der Vorderseite eine Kirche. Keine Adresse.

«Ha'm Sie 'ne Ahnung, wo die Kleine abjeblie'm is», fragte der Alte.

«Ich habe seit damals nichts von ihr gehört.»

«Sie wissen ooch janischt, Jugendfreund», sagte Miklaicek bissig in seiner langsamen Sprechweise.

Eines Tages im April war sie eingezogen. Als erstes hatte ich ihren Namen gelesen: Lautenschläger stand, mit Maschine getippt, auf einem Zettel an Miklaiceks Briefkasten. Wer ihren Namen in Lautenquäler umwandelte, weiß ich nicht, es sei denn, einer der alten Mieter rächte sich auf diese Weise an der neuen Mieterin; ebensowenig ist mir der Ursprung ihres Spitznamens Billie Holiday bekannt, der jedenfalls mit ihrem Bemühen zusammenhing, einer verstimmt klingenden Laute schauderhafte Töne zu entlocken. Zusammen mit einem schneeweißen Rhesus wohnte sie in der Dachwohnung.

Das dünne seidige Haar des Affen, der aufgerichtet kaum fünfzig Zentimeter groß war und übrigens Mister Hysteric hieß, ließ eine rosige Haut durchscheinen, zart wie bei Neugeborenen. Er besaß eine durchdringende Stimme, von der die Villa Tagore manchmal bis in das altersschwache Fundament hinein erbebte. Gewöhnlich hing er seiner Herrin wie ein lebendes weißes Amulett am Halse, tastete liebevoll mit winzigen und faltigen Händen an ihrem Gesicht herum und beantwortete jede Annäherung eines Fremden mit aufgeregtem hysterischem Kreischen.

Einige Tage nach ihrem Einzug, es ging wohl schon auf Ende April zu, wurde ich mit dem Mädchen bekannt, im Garten, der hinter der Villa begann und nichts enthielt als überalterte Obstbäume und hüfthohe Taubnesseln. Zum Herbst schoß Goldraute auf. Eine uralte morsche Laube, umwachsen von dunkelgrünem Efeu, muß ich noch erwähnen. Überhaupt hatte der Garten etwas Abgeschiedenes. Das Mädchen stand vor der Laube, mir halb zugewandt, mit irgendeinem Vorgang in dem Efeu beschäftigt.

Billie trug einen Badeanzug. Ihr Haar, gleichmäßig gestutzt, wirkte wie stumpfe gelbe Glaswolle. Ihr Rücken war leicht gekrümmt, scharf, wie die Zähne eines Sägeblattes, zeichneten sich die Wirbelknochen unter einer mattweißen Haut ab. Die Andeutung einer Hüftlinie fehlte. Es schien, als zöge eine Last am Halse den Knabenkörper ständig vornüber. Billie drehte sich herum, wahrscheinlich hatte sie mich längst bemerkt, und ich sah in ein breites eckiges Gesicht mit dicht zusammenstehenden großen Augen, tintenblau, in denen zwei nadelscharfe Lichter glitzerten, den Brennpunkten von Lupen ähnlich. Ihre Stirn war hoch, an den Schläfen kantig, schon quergefurcht, die Nase klein, der Mund schwunglos. Das Alter des Mädchens vermochte ich nicht zu schätzen. Mehr als ein Gehäuse für Billies übergroße Augen, von saugender, hypnotischer Kraft, in denen Mißtrauen und Wärme leuchteten, schien der Körper nicht zu sein.

Ich stellte mich als Hausgenosse vor.

«Das ist Mister Hysteric», sagte sie, ihre Stimme klang heiser, «und ich bin Gwendolina. Es war kein guter Einfall von Papa, mir diesen Namen zu geben, für den man entweder ungewöhnlich oder ein Monstrum sein muß, finde ich. Ich bin allerdings ungewöhnlich, wenn auch nicht auf den ersten Blick. Falls es Ihnen besser gefällt, können Sie mich auch Billie Holiday nennen, wie meine Freunde. Ich werde Sie Mister In nennen. Sie sehen aus, als ob Sie immer auf dem laufenden sein wollen.»

Sie trat dicht an mich heran, so dicht, bis ich den Geruch von Erde, Menagerie und Kölnischwasser aufnahm, um ihn nie wieder zu vergessen. Dunkelroter Lack, an einigen Stellen abgeplatzt, glänzte auf den kurz geschnittenen Nägeln ihrer knochigen Hände mit Adern von durchsichtigem Blau.

«Geben Sie mir Ihre Hand», sagte das Mädchen, sanftes Fordern in den übergroßen Augen.

So begann unsere Bekanntschaft.

Ich sah Gwendolina wenig, aber ich hörte während des Sommers die aufgeregten Schreie des Rhesus und die scharfe heisere Stimme des Mädchens, wenn sie zu ihrer Laute sang. Was sie eigentlich trieb, wovon sie lebte, wußte ich nicht. Unser Verkehr beschränkte sich auf guten Tag, guten Weg.

Der Winter lud seine Schneelast auf dem Pappdach der Villa Tagore ab. Morgens stieg Rauch kerzengerade, wie aus träge schwelenden Meilern, in den Himmel, der blau war, von jenem eisigen Blau, das Frostwinter zuweilen haben. Nachts hörte ich das Holz der Bäume knakken, anhaltende Kälte sprengte die Rinden.

Mein Zimmer bei Miklaicek war ursprünglich ein Durchgangszimmer, die Tür auf beiden Seiten mit Schränken verstellt. Eines Abends saß ich mit Leselicht und Buch am Fenster. Bei Windstille und fahlem Laternenschein erstarrten die Straßenbäume zu Kulissen. Ich lauschte dem Knarren der Stiefel des Alten auf den Stiegen im Giebelbau, hörte undeutliche Stimmen, die rauhe, von Stöhnen und Husten unterbrochene Miklaiceks, die heisere des Mädchens, das Kreischen Mister Hysterics, Krach, als ob Stühle umfielen, das Trappeln mehrerer Füße abwärts. Der Alte schob Gwendolina in mein Zimmer.

«Jugendfreund», sagte er, «sein Se mal Mensch. Die Kleine übersteht die nächste Nacht da o'm nich und der Affe ooch nich.»

Da erst fiel mir ein, daß die Dachwohnung keinen Ofen besaß.

Gwendolina trug eine faltenreiche bestickte Bluse aus einem weichen Stoff, der Plüsch ähnelte, einen langen braunen Rock und graue Wollsocken. An den Füßen hatte sie Sandalen mit Goldriemchen, ihre bevorzugte Fußbekleidung, wie ich später herausfand. Erloschen waren die spitzen Lichter in den tintenblauen Augen ihres frostgrauen Gesichts, ihre Hand fühlte sich an wie ein Holzscheit, hart und eiskalt.

«Sei still», sagte das Mädchen zu dem wimmernden Rhesus. «Affen sind so empfindlich», setzte sie für mich hinzu.

«Also sein Se Mensch», mahnte der Alte.

«Sei du auch still, Oldtimer», sagte Gwendolina, «Mister In denkt nach.»

Ich dachte in der Tat nach. Miklaicek heizte selten, auch bei strengem Frost schlief er im ungeheizten Zimmer. Dafür brachte er die Temperatur in der Küche, wo er tagsüber wirtschaftete, auf tropische Höhen.

«Bitte», sagte ich, so freundlich ich vermochte.

«Na also», schloß der Alte.

Der Rhesus, in eine Wolldecke gehüllt, auf einem Sessel am Ofen, dessen Kacheln vor Hitze zu bersten drohten, beruhigte sich. Schläfrig hockte Miklaicek in dem anderen Sessel, die Mütze auf dem Kahlkopf. Er nahm sie angeblich nur zum Schlafen ab, aber ich bin nicht sicher, ob er sich nachts von der alten blauen Tellermütze mit dem gebrochenen Lackschirm wirklich trennte.

Wir mischten Grog und aßen Gebäck.

«Was machen Sie», forschte Billie, «ich sehe Sie bloß immer lesen.»

Damals war ich Mitarbeiter an einem literaturwissenschaftlichen Institut, zerlegte Romane in ihre Bestandteile, wie Rat Krespel seine kostbaren alten Geigen, um der Formel auf die Spur zu kommen, nach der gute Bücher entstehen. Ich wollte nicht etwa selber schreiben, kenne ich doch keine Tätigkeit, die mühsamer, zeitraubender und gefährlicher ist. Mich reizt die Analyse eines Buches mehr als das Buch, obwohl meine Studien vom Buch abhingen. Ich liebe Paradoxe, wie man sieht.

«Ich möchte lieber ein Lindberg als ein Puschkin sein», bekannte Billie, «ich bin Dolmetscherin für Englisch, aber ich kann mich an keine feste Arbeitszeit gewöhnen. Ich wünschte, ich wäre im Zigeunerwagen zur Welt gekommen. Ob Sie es glauben oder nicht, manchmal vergesse ich sogar die deutschen Worte, oft fehlt mir irgendein Substantiv. Vergeßlich sein ist manchmal ganz nützlich, finde ich.»

Seit dem Sommer war das Blond aus ihrem Haar herausgewachsen, auf dem Scheitel zeigte es sich in seiner natürlichen dunklen Farbe. Die Haarspitzen waren noch ebenso struppig-gelb wie im Frühjahr.

«Arbeiten Sie jetzt gar nicht?» Die Frage hatte mir schon lange auf der Zunge gelegen.

«Doch», sagte Billie gelangweilt und aufsässig, «im Sommer war ich Serviererin in einem Ausflugslokal. Manchmal kriege ich auch eine, na, Translation, sehen Sie, da fehlt mir wieder das Wort.» Sie stieß einen tiefen Seufzer aus.

Ihre Aussprache war nicht rein, woraus ich schloß, daß sie Englisch an keiner Schule gelernt hatte, sondern eher auf dem bunten Jahrmarkt des Lebens.

«Soll ich mich mal nach was Vernünftigem für Sie umsehen», fragte ich.

«Spielen Sie hier nicht den Blödian», fauchte sie unerwartet, «lassen Sie mich in Ruhe, verstehen Sie? Ich weiß allein, was ich zu tun und zu lassen habe. Hören Sie, da wohnt irgendwo ein alter Mann, der sich mächtig viel Sorgen um mich macht. Papa ist ein netter Kerl, das können Sie mir glauben. Was rede ich da? O Gott, ich denke, ich bin betrunken.»

Ein paar Wochen lang hausten wir zusammen, Billie, ihr Rhesus, der Alte und ich, solange der strenge Frost anhielt. Miklaicek schlief in der Küche, Gwendolina wurde in seinem Zimmer einquartiert. An diese Zeit dachte ich, als Miklaicek aufstand.

«Ick will jeh'n», sagte er, «vielleicht könn' Se die Adresse rauskriejen.»

Ich versprach, mein Bestes zu tun.

Nach diesen Wochen im Winter war eine Art Wohngemeinschaft zwischen uns entstanden, das heißt, ich war zum Affenwärter ernannt worden. Der Rhesus entwickelte eine Vorliebe für meine Sessel. Ich hatte nie gewußt, wie menschlich ein Affe sein kann und wie merkwürdig sich unter Umständen ein Mensch verhält. Ich erkläre das.

Meine Arbeit ist stille Schreib- und Lesearbeit. In meinem breiten, behaglichen Lehnstuhl vor dem Schreibtisch sitzend, sondierte ich, den Weisungen des Chefs entsprechend, sozialistische Frauengestalten aus der jüngeren Literatur, schrieb Charakteristika und Lebensläufe dieser Frauen auf blaue Karten und richtete mir eine handliche Suchkartei für betrachtende Vergleiche ein.

Zusammengerollt, einer Katze ähnlich, lag der Rhesus auf meinem Schoß und leerte mit neugierigen Händen meine Taschen. Sein heftiges und weinerliches Temperament brach erst durch, wenn ich ihn woanders untergebracht hatte. Dann setzte sofort das durchdringende Gewimmer ein; insofern glich der Affe einem anspruchsvollen Menschen, der sich langweilt. Übrigens aß der Rhesus mit beiden Händen, nicht gierig, sondern langsam und säuberlich, mit dem Geziere einer ältlichen Jungfer.

Während ich mich des Affen annahm, streiften Miklaicek und Gwendolina herum. Häufig sah ich das ungleiche Paar die Straße heraufkommen, untergehakt. Manchmal, wenn Billie eingekauft hatte, trug er ein Paket. Dieses Verhältnis hatte etwas Lächerliches. «Jugendfreund», sagte der Alte einmal redselig, «det Jute und det Schöne kommt eh'm imma zu spät im Leb'n. Meine Alte, ick will ihr nischt nachsaren, wa'n bißchen vatrocknet, schon als junget Mädel. Ha'm Sie 'ne Ahnung, wo man neue Zähne herkricht?» Er biß die Kiefer zusammen, die eingefallenen, runzligen Lippen formten sich zu einem Strich über dem fliehenden, willensschwachen Kinn. Seine Säuferaugen funkelten unternehmungslustig. Aus der Tasche seines Kordjacketts lugte der Hals einer Flasche hervor, mit der Hand vergewisserte sich der Alte, ob die Flasche noch da war.

«Jeder Zahnarzt kann ein Gebiß anfertigen», sagte ich.

«Sie ha'm 'ne Art», sagte der Alte, «ick will einen juten Zahnklempner, und Sie bieten mia die janze Meschpoke an. Denken Sie, ick kann det nich bezahl'n?»

Draußen rief Billie nach dem Alten.

«Ihre Braut ruft», sagte ich.

«Mit so wat treibt man keinen Spaß», belehrte er mich, aufstehend, mit ernstem Unterton. «Die Kleine, ick muß Ihn'n valassen.»

«Nehmen Sie den Affen mit.»

«Nee.» Er schüttelte energisch den Kopf. Gegen den Rhesus hegte er eine eifersüchtige Feindschaft.

«Heiraten Sie die Kleine doch», riet ich.

Er errötete bis in die Stirn hinein, kratzte sich mit der kräftigen, schwarzbehaarten Hand den Hinterkopf, schien meinen Vorschlag ernsthaft zu prüfen und knurrte etwas Unbestimmtes. Eine ausgewachsene Dummheit konnte ihm nicht unterlaufen, wie ich gut wußte, auch wenn Gwendolina in ihm mehr als einen Vater sehen mochte.

Abends brach seine böse Zeit an. Nicht täglich, aber oft genug hielten in der stillen Straße Autos, nicht direkt vor der Villa, denn Gwendolina hatte Stil. Auf überhohen Bleistiftabsätzen, Schuhen, in denen selbst ihr Federgewicht nur zu tänzeln vermochte, kam das Mädchen die Giebelstiege herunter und drückte sich heimlich an Miklaiceks Wohnungstür vorbei. Geschmückt wie Kleopatra, das Duftgemisch von Erde, Menagerie und Parfüm zurücklassend, verschwand sie. Die Autos fuhren ab, manchmal brachten sie Billie erst am anderen Tag wieder zurück in die grüne Umarmung der Villa Tagore.

«Det war'n Erbonkel von ihr», sagte der Alte dann wichtig, «die Meschpoke kümmert sich um die Kleine. Wird ooch Zeit.»

«Aha», sagte ich.

«Nich aha, nich wat Sie denken, Jugendfreund.»

Das Gesicht des Alten war blaß vor Kummer.

«Trinken Sie ein Glas mit mir, Oldtimer», sagte ich, die Anrede Billies gebrauchend.

«Bin so frei.» Der Alte trank, schielte nach der Flasche und schüttelte den Kopf.

«Nicht mehr?»

«Ick fühl mia heute janich, ick jeh schlafen.»

Ich hörte ihn stöhnen und husten und sich ruhelos herumwälzen. Vernünftig mit dem Alten reden wollte ich, aber dann dachte ich, wer hat hier eigentlich ein Recht, Ratschläge zu erteilen? Damals war er sechsundsechzig, bezog eine Rente, deren größten Teil er vertrank, und arbeitete hin und wieder auf einem Schrottplatz als Schweißer.

«Hören Sie, Mister In», sagte Billie, «ich habe ein bißchen in Ihren Sachen gestöbert. Das ist Quatsch, was Sie hier machen, finde ich. Diese Weiber mauscheln, oder diese Schriftstelleridioten mauscheln, was auf eins hinausläuft. Fallen Sie bloß nicht drauf rein.» Sie saß auf meinem Lehnstuhl vor dem Schreibtisch, mit meiner Kartei beschäftigt, ihre tintenblauen Augen blickten mich unsicher an.

«Und wer hat Ihnen erlaubt, in meinem Schreibtisch zu kramen», fragte ich, denn diese Freundschaft ging wirklich etwas weit.

«Niemand», gestand sie kleinlaut.

«Und?»

«Ach, seien Sie kein Frosch.» Ihre Stimme bekam einen gelangweilt-aufsässigen Ton, wie immer, wenn sie sich ertappt fühlte. «Man läßt nicht herumliegen, was für keinen anderen bestimmt ist.»

Ihr Standpunkt hatte etwas bestürzend Logisches. Neugier, eine der schönsten menschlichen Regungen, macht vor nichts halt.

«Gut», sagte ich schluckend, «gut, daß wir uns mal unter vier Augen sprechen. Ich habe mit Ihnen zu reden. Bleiben Sie da sitzen.»

«Ich wollte ja gar nicht aufstehen», antwortete sie belustigt, sich tiefer in den Stuhl rekelnd, «predigen Sie, wenn Sie es nicht lassen können, ich höre.»

Ich hatte Gewichtiges im Sinn, ich wollte ihr klarmachen, daß sie so nicht weiterleben durfte, obgleich ich gar nichts von ihrem Leben wußte. Mein Pech war, daß ich in der Pause, die ich für einen guten Anfang brauchte, ihre Gestalt musterte.

Gwendolina trug ein hellblaues Kleid mit viereckigem tiefem Ausschnitt, die Haut bis zum Ansatz ihrer Brust enthüllend, eine zarte, fleckenlos weiße Haut. Arme und Beine waren nackt. Billie liebte luftige Kleidung, auch wenn sie diese Neigung gelegentlich mit einem Schnupfen bezahlte. Ihr Haar war langgewachsen, nicht mehr blondiert, sondern dunkel und glatt, in Pagenform geschnitten, ihre Augen hatten eine fragende, unklare Tiefe.

«Mister In», sagte das Mädchen, «Männer suchen die blauen Küsten des Ruhmes, das habe ich irgendwo gelesen, das ist in Ordnung, finde ich. Frauen lieben die Umarmungen samtgrüner Meere.»

«Haben Sie das auch irgendwo gelesen, in einem kitschigen Roman vielleicht?»

Leicht wie eine Schlange glitt sie vom Stuhl vor meinem Schreibtisch am Fenster und kehrte mir verstimmt den Rücken zu.

«Verzeihung», sagte ich, verblüfft über meine Grobheit. «Wie alt sind Sie?»

«Dreiundzwanzig.»

Ich begann, um etwas zu tun, die Karteikarten wieder einzuräumen. «Ich habe Sie für älter gehalten.»

«All right», das klang nicht nach Slang, «nun fangen Sie endlich an, mir auseinanderzusetzen, wieso ich ein Flittchen bin. Das hatten Sie doch vor? Ich bin nämlich eine Dame.»

Der passende Augenblick für eine Standpauke war vertan.

«Ich denke nicht daran», sagte ich, «groß genug sind Sie ja.»

«Lieben Sie mich eigentlich», fragte sie.

«Das fehlte noch», sagte ich.

Sie nickte, ihr ganzer Oberkörper nickte mit.

«Das fehlt wirklich», erklärte sie. «Passen Sie auf, im Winter sind Sie nett gewesen. Jetzt denken Sie, Ihre Wohltätigkeit gibt Ihnen ein Recht, sich in meine Angelegenheiten einzumischen. Sie wollen Prozente kassieren, ich weiß Bescheid und bin zahlungsunfähig. Kapiert?»

«Das wäre schäbig», räumte ich ein, sagte weiter, ich hätte nicht daran gedacht, sie zu bevormunden. Die Gemeinschaft ...

«Der Heiligen», sagte sie, «ich bin keine. Mein Papa ist ganz verrückt mit mir geworden. Ich habe ihn sehr gern. Er ist ungefähr so wie der Oldtimer, laut, gutmütig und schwach. Ich sollte mal was Gescheites werden, und ich tat ihm den Gefallen, ich hätte Papa nie was abschlagen können. Sogar ein Examen habe ich gemacht, wirklich. Ich bin nicht so dumm, wie Sie glauben.» Sie schwieg, dann ergänzte sie ihren Vortrag über sich. «Reisen würde ich gern, irgendwohin, dauernd. Reisen ist schön, finde ich.»

Ich fragte sie, wo sie bisher gearbeitet habe.

«In einem Dolmetscherbüro, in einer Lampenfabrik, auf dem Bau, Serviererin», antwortete sie verdrossen, ohne sich genauer festzulegen. Es war eine ihrer Gewohnheiten, ihre Verhältnisse im unbestimmten zu lassen.

«Und singen würde ich gern», sagte sie lebhafter, «oder im Zirkus arbeiten, im Tierpark, nein, da nicht, das ist fast wie Büro.»

Sie sah mich fest an.

«Ich bin ungewöhnlich», sagte sie, «finde ich wenigstens. Was meinen Sie?»

«Ich meine, daß es Zeit ist, erwachsen zu werden.»

Ich war betroffen von dieser Mischung aus Trotz, Frechheit und Sentimentalität. «Ihr armer Papa würde sich mächtig grämen, wüßte er, wie es mit Ihnen steht. Eine Welt Ihrer Vorstellung gibt es nicht mehr, vielleicht hat es sie nie gegeben oder nur für eine Handvoll Parasiten.»

Wieder nickte sie, aus den Augenwinkeln lösten sich Tränen, badeten ihr Gesicht und ließen in mir die Überzeugung keimen, nicht ganz in den Wind geredet zu haben.

«Leider ja. Ich meine, daß ich einen Vaterkomplex habe. Mir hat Nestwärme gefehlt, denke ich mir. Außerdem bin ich dauernd mit mir selber beschäftigt gewesen. Warum haben Sie kein Auto», fragte sie unvermittelt, «ich liebe Autos.»

Ich zuckte die Schultern. «Es ist besser, Sie gehen jetzt. Und denken Sie darüber nach.»

Sie strich an mir vorbei und trällerte, leise lächelnd, Isn't he sweet, my lover, ist mein Liebling nicht süß? Und an der Tür: «Ich werde abgeholt. Darf ich Ihnen Mister Hysteric bringen? Er ist an Sie gewöhnt. Deshalb bin ich überhaupt nur reingekommen.»

«Ja», sagte ich ernüchtert, «wie Sie wollen.»

Daß alle Städte, die ihre Gestalt einem sprunghaften Wachstum verdanken, Berlin ähnlich sehen, möchte ich nicht behaupten, ich kenne zu wenig Städte. Aber an Berlin ist das Auffallende jenes bunte Durcheinander von abgeschlossenen Teilen und Vierteln, die absolut nicht zueinander passen. Fährt man, aus dem großstädtischen Fluidum des Zentrums kommend, zwanzig Minuten mit der S-Bahn, fühlt man sich unerwartet in eine Kleinstadt versetzt. Andere Städte haben Randsiedlungen. Berlins entlegenere Bezirke verleugnen ihre einstige bescheidene Autonomie nicht. Es gibt Ortsteile mit rein dörflichem Charakter, deren Bewohner, obwohl Berliner, nie das Pergamon-Museum gesehen haben oder die Nationalgalerie. Nichts fließt hier, Industriekomplexe liegen neben ausgedehnten Forsten, Äckern, Seen und Gemüsekulturen. Das Typische der Organisation dieser Stadt ist ihr Mangel an Organisiertheit. Daran vermag heute kein Architekt mehr etwas zu ändern.

Selbst die Kriegseinwirkungen ließen diese Struktur im Grunde genommen bestehen, obgleich Straßenverläufe beim Wiederaufbau abgeändert wurden, neuen Bedürfnissen entsprechend. Damals, ich erinnere daran, kam ein Gewirr von Grenzen hinzu. Wer die Stadt in Ostwestrichtung oder umgekehrt durchqueren wollte, der passierte verschiedene Hoheitsgebiete, Sektoren genannt, und oft genug das gleiche mehrmals, der unterzog sich Ausweiskontrollen und peinlichen Visitationen. Stärker als anderswo wähnten die Berliner einen Krieg nahe. Vielleicht erklärt sich aus dieser Angst, die durch gut arrangierte Zwischenfälle genährt wurde, jene Nervosität und Hektik der damaligen Zeit. Berlin, Gerüchtemarkt und Nachrichtenplatz, hieß die Nahtsteile zweier Gesellschaftsordnungen.

Ich bin ein stiller Mensch, ein Feind jeder Unruhe. Verschiedene Angebote lockten, die eine ruhigere Arbeitsatmosphäre versprachen, Leipzig oder Dresden etwa. Was mich vorderhand festhielt, war das Institut. Allerdings glaubte ich nicht mehr so recht an den erfolgreichen Abschluß meiner Untersuchungen, bildeten doch die Frauen meiner Kartei ein Ensemble sozialer Typen, eine Wunschtypologie, sehr verschieden von den großen Charakteren, denen ich mich durch Bildungsweg und Studium verhaftet fühlte; der Anna Karenina, der Effi Briest, der Möhring, der Stine, den beiden Damen Carayon oder meinetwegen auch den Frauen Emil Kubinkes, obschon es sich um Ehebrecherinnen, Erpresserinnen, Flittchen und Glück suchende Amazonen handelte. Eine bestürzende Erkenntnis. Nüchtern sagte ich mir, daß die alten Gesellschaftsordnungen notwendig solche Frauencharaktere hervorbringen mußten. In Wirklichkeit war an einen guten Ausgang ihres Emanzipationskampfes natürlich nie zu denken gewesen.

Soweit gedieh meine Analyse ganz gut, zog sie doch zur Erhellung literarischer Phänomene außerliterarische Kriterien heran, ein Verfahren, das ich sozusagen mit begründet habe und das sich bis heute glänzend bewährt.

Unsere Empfehlung, nicht den Klassenantagonismus an sich, sondern den in die höhere Qualität umgeschlagenen, den gelösten Widerspruch als Ausdruck der Parteilichkeit in der Kunst zu gestalten, stieß bei den Autoren auf taube Ohren. Alle Türen standen realiter der befreiten Frau offen, sie brauchte nur in schöner Gleichheit die Positionen zu besetzen, Hinweis auf Gorki, im Heute das Morgen (zu) gestalten suchen. Leider, muß ich hinzufügen, vertrauten allzu viele Autoren dem trügerischen Bild eigener Wahrnehmung. Dabei hätte der «Ansiedlung» solcher Frauengestalten in einem beliebigen Milieu nichts im Wege gestanden. Nebenbei, den Begriff «ansiedeln», für einen, wie ich glaube, bis dahin ungeklärten Vorgang in der literarischen Genesis, initiierte ich mit.

Notgedrungen, durch den Mangel an Untersuchungsmaterial, geriet dieser Teil meiner Arbeit etwas allgemein und grundsätzlich. Ich bestätigte mich als ein Ingenieur der Ingenieure der Seelen. Aber ich schweife ab. Soviel noch: Ohne diese wichtigen Arbeiten zu gefährden, hätte ich nicht weggekonnt. Unser Institut litt an Personalmangel, wie alle Institute dieser und anderer Art bis heute.

Einige Tage nach dem Besuch des Alten fuhr ich zur Villa Tagore. Ich hatte keine veränderte Umgebung erwartet, und ich wurde nicht enttäuscht. Es war Oktober, ein windstiller, ruhiger Sonnentag. Die Blätter der Straßenbäume leuchteten gelb, rostbraun und rot, meine Füße raschelten in einer dichten fauligen Laubschicht. Im Vorgarten standen die Tanne, der blaugrüne Wacholder, auf dem Weg zum Giebelbau wucherte Unkraut zwischen grauen Steinplatten.

Miklaicek pinselte den betagten Lattenzaun, eine Arbeit, die er alle drei oder vier Jahre vornahm. Ich äußerte den Wunsch, die Bodenkammer zu sehen, in der Billie damals gewohnt hatte. Bereitwillig wischte sich der Alte mit einem Lappen die Farbspuren von den haarigen Händen, ging ins Haus und holte den Schlüssel. Unter unseren Schuhen knarrten die Stiegen.

«Ist hier nie wieder jemand eingezogen», fragte ich.

«Nee», sagte Miklaicek und schloß die Tür auf.

Von den schrägen Wänden hing die Tapete in Fetzen herunter, es roch modrig-feucht. Die verquollenen Fenster zur Loggia ließen sich nur mit Gewalt öffnen, blind verstaubt das Glas, von Spinnweben eingerahmt. In der Mitte der wuchtige Schornstein, daneben ein rotes Sofa, das Billie gehört hatte, jetzt dick bestaubt, silberglänzender Schimmel in den Ritzen.

Es war ein trostloser und bedrückender Anblick, trübe Erinnerung an eine Zeit, die ihr Ende gefunden hatte.

«Wer soll'n in die Bruchbude einzieh'n», sagte der Alte. Er verriegelte das Fenster, schloß die Tür ab, und wir gingen nach unten. Die Leere meines alten Zimmers verstärkte noch meine melancholische Stimmung.

«Ha'm Se die Adresse, Jugendfreund», fragte der Alte.

Ich hatte sie nicht, aber mir war eingefallen, daß der Poststempel vielleicht einen Hinweis liefern konnte, wo Billie jetzt wohnte. Miklaicek trat an das Vertiko, zog die obere Schublade auf und entnahm ihr ein Paket Briefe und Karten, die mit einem Gummi zusammengehalten wurden.

«Envier, wo is'n det?»

«Friedrichstraße», sagte ich, «diese Gegend ungefähr.»

«Det hilft uns ooch nich weiter», sagte er, «die könnte ja hier einzieh'n, in Ihr ollet Zimma, die und ihr Affe.»

Wir gingen in den Garten. Die Laube, vor der ich Gwendolina kennengelernt hatte, war längst zusammengebrochen, ein Haufen Latten, faulende Bretter, schon bewachsen mit Moos und Unkraut, das jetzt zu welken begann.

Ich fragte den Alten, ob er den Besitzer des Hauses noch gekannt habe.

«Nee», sagte Miklaicek, «ick weeß bloß, det keener mehr wat macht. Det Haus fällt uns mal über'n Kopp zusamm', da bin ick nich mehr.»

Seine kleinen Augen wirkten stumpf und müde.

«Will ooch keener mehr einzieh'n», sagte er.

Ich versprach, mich zu melden, wenn ich etwas herausbekommen sollte.

«Mein Vater», erzählte Billie, «ist ein wunderbarer Mann. Er war schon sechsundvierzig, als ich zur Welt kam. Als ich fünf war, schenkte er mir ein Pony, ein braungeschecktes Tier mit sanften dunklen Augen, in die ständig Haarbüschel fielen.»

Sie strich mit ihren knochigen Händen die eigenen Haare seitlich aus der Stirn, es war ein unbewußter und rührender Reflex. Zustimmung heischend, blickten mich die großen tintenblauen Augen an.

«Mit sieben bekam ich von Papa einen Tesching, er besaß eine Menge Waffen, und ging mit auf die Jagd. Papa hatte eine Jagdpacht, müssen Sie wissen, und wir wohnten in einem ausgedehnten Waldgebiet. Das prächtige Haus hatte viele Zimmer. Ein glänzender Schütze war Papa, auch fischen habe ich bei ihm gelernt.»

Sie simulierte das Anlegen eines Gewehrs, vollführte einen Halbkreis, mit zusammengekniffenen Augen. «Mitgehen, Punkt, bums, eine Wildente. Einverstanden?»

Ich mußte lachen, so anschaulich schilderte sie die Jagdpartie.

«Wo ist das gewesen», fragte ich.

«Es gibt nichts Schöneres als Jagen und Fischen, finde ich», sagte sie ausweichend.

Ich sah, dank ihrer Phantasie, das prachtvolle bunte Gefieder eines Erpels, der im Tode zuckte, sah den silbrig glänzenden Fisch an der Angel und vergaß meine Frage.

«Neulich haben Sie aber das Reisen für die angenehmste Beschäftigung gehalten», sagte ich.

«Es gibt viel Schönes», bestätigte sie. «Was Papa sich auch vornahm, immer war er ganz bei der Sache. Er sammelte Bücher und Briefmarken, las, was er bekommen konnte, und wußte gut mit physikalischen und mathematischen Sachen Bescheid. Er tat, was er wollte. Geiz kannte er nicht. Verdammt gut sah er auch aus. Vor dem Kriege ließ er in London schneidern. Viel gereist war er in seiner Jugend.»

«Womit wir wieder beim Reisen sind», sagte ich. Ungefähr konnte ich mir den Mann vorstellen, dessen wirkliches Bild sicher anders war als dieser gutmütige Faulpelz, der in Billies Vorstellungen lebte.

«So ein Lebensstil kostet Geld», sagte ich, ich wollte ihre Verhältnisse näher kennenlernen. «War Ihr Vater Gutsbesitzer? Wo, sagten Sie, lag das Gut?»

«Na ja», sagte sie. Ihrer Gewohnheit treu, ließ sie das Wichtige im Nebel. «Okay, ich war sein Liebling, wie Sie sich denken können, obgleich er noch drei Söhne hatte, starke und lachlustige Burschen. Otto, der älteste, ist Frauenarzt, der mittlere, Gernot, ein berühmter Geiger.»

«Seinen Namen habe ich nie gehört», wendete ich ein.

«Leider», gab sie zu, «der Krieg, ihm wurde die linke Hand durchschossen, da war es natürlich aus. Aber er unterrichtet an irgendeiner Musikhochschule. Der kleinste, Ronald, ging zuerst nach Tasmania, in Afrika, dort ist er Großwildjäger und Jagdaufseher.»

Sie seufzte bei der Erinnerung an die offenbar schöne Zeit bei ihren Eltern, an ihre erfolgreichen Brüder. Lebhaft glänzten ihre Augen.

«Ich glaubte immer», sagte ich, «Tasmanien läge gar nicht in Afrika.»

«Ich habe nie behauptet, daß Tasmania in Afrika liegt. Sie müssen aufpassen, Mister In, übrigens macht mich Ihre Fragerei ganz konfus.»

Ihre Bodenkammer glich einem Museum, Massaispeere mit langen geschärften Spitzen, gefährlich aussehende, bis zur Mitte mit Widerhaken versehene Pfeile zierten die Dachschrägen. Ein kleiner Schreibtisch stand vor der Loggia, auch Papier und Briefumschläge sah ich. In alle vier Seiten des Schornsteins hatte Gwendolina große Haken eingeschlagen, an denen Maiskolben, Knoblauchzöpfe und die prall mit Samenkernen gefüllten Sonnenblumen der Vorjahresernte hingen. Flache Holzbänke standen herum, ein mit einer Decke belegter Sattel, Kamel genannt, diente als Sitzgelegenheit vor einem niedrigen Messingtisch, maurische Arbeit, wie ich annahm. Zwei Ledersessel gab es noch, die Miklaicek mit schwerer Mühe die Giebeltreppe hinaufgeschleppt hatte.

Gwendolina saß oder lag auf dem Sofa, den Kopf in

die Hand gestützt, mit der anderen wehrte sie die Finger des Rhesus ab, der behutsam an ihren Lippen zupfte. Über dem Sofa hing die Laute, daneben das Streifenfell eines Zebras und zwei bemalte hölzerne Handtrommeln, ebenfalls mit Fell bespannt, primitiv ausgeführt, Geschenke ihres unternehmenden Bruders wahrscheinlich. Alle freien Stellen der Wände waren mit geschnitzten mehrfarbigen Kultmasken geschmückt. Ein Schrank enthielt Billies Sachen, Geschirr und einige Bücher.

«Und Ihre Mutter», fragte ich.

«Starb, als ich noch Kind war», sagte das Mädchen, «und deshalb meine ich, obwohl mir Papa alle Liebe zukommen ließ, der er fähig gewesen ist, mir hat Nestwärme gefehlt. Papa ist eben bloß ein Mann.»

Ihre Augen wurden traurig, und ich suchte die Taktlosigkeit, an der ich im Grunde schuldlos war, wettzumachen, indem ich sagte: «Nun, das ist lange her. Jetzt sind Sie eine erwachsene Frau.»

«Warum kann ich kein Mann sein», sagte sie schnell, «mit Männern konkurrieren, hoffnungslos, ich habe es versucht. Man wird auf den Rücken gelegt, buchstäblich», sie lachte, «oder man liefert sich dieser klebrigen Nachsicht aus, dieser ekelhaften Güte, nichts anderes als eine Vergewaltigung, die aus Feigheit oder Bequemlichkeit unterbleibt.»

In mir entstand eine fixe Idee, das Mädchen brauche die Geborgenheit einer Familie, einen freundlichen einfachen Mann und Kinder, für die sie sorgen konnte, offensichtlich war der Rhesus Kinderersatz.

«Hören Sie auf mit Ihrer Geborgenheit», sagte Billie abwehrend, «Liebe, die sich zwischen Mahlzeiten und Bett abnutzt, danke.» Wie sie da saß, sah sie gar nicht hilfsbedürftig aus; sie selber hatte mit ihrer Schilderung das Bild einer schützenden Gemeinschaft heraufbeschworen.

«Es muß doch irgendwas in der Welt geben, daß Ihnen Spaß macht, in diesem Land stehen den Frauen zum ersten Male alle Möglichkeiten offen.»

«Ich will gar nicht befreit werden», sagte sie, «ein Leben nach meinem Geschmack, das kann mir Ihre neue Welt nicht bieten. Ich müßte ja blöd sein, wollte ich mir einen Mann, Kinder und dazu noch einen Beruf aufladen. Redensarten verfangen bei mir nicht.»

Sie stand auf, nahm eine der Handtrommeln von der Wand und begann einen synkopierten Rhythmus zu schlagen. Ihre Hände mit den rot gelackten kurzen Nägeln verstanden sich ganz gut auf die Behandlung der Trommel, die dumpf und trocken klang, lauter wurde, von federnder Kraft.

«Ihre Weiber mauscheln», sagte das Mädchen, ohne ihre Übung zu unterbrechen, «oder sie mauscheln nicht, dann kriegen sie so was Saures, Verkniffenes, Abgestandenes, weil sie sich zuviel versagen.»

«Die Umarmungen samtgrüner Meere», sagte ich ironisch.

«Weshalb haben Sie diesen Kitsch behalten, wenn es welcher ist», sagte Gwendolina. «Spaß macht diesen Weibern die Hexenjagd auf eine, die anders ist als sie. Da tauen sie auf, da spielen sie die moralisch Entrüsteten. Ich weiß, was ich sage, ich habe es erlebt. Sie sind unbefriedigt, da fehlt was bei dem Gerenne zwischen Kochtopf und Versammlung, Plan erfüllen und Beine breit machen. Diese Weiber würden sich dreimal am Tage verkaufen, würde nur jemand einen Sechser lose machen, einer dieser Fortschrittsspießer, ohne Erbarmen.»

Sie schlug einen kleinen sich abschwächenden Wirbel und beendete ihre Vorführung durch einen Schlag mit der flachen Hand.

Der Rhesus streckte die Arme mit den seidigen Behängen nach ihr aus und wimmerte seine Klagetöne.

«Du gehst mir auf den Geist, Mister Hysteric», sagte Gwendolina unwirsch, was den Affen nicht im geringsten störte, und nahm ihn auf den Arm.

«Boshaft sind Sie», sagte ich, «ungerecht, ein Anachronismus, wenn Sie verstehen, was ich meine.»

«Ich lieg schief, ich weiß», sagte Gwendolina, «aber Sie, entschuldigen Sie schon, Sie werden mit all Ihrer Weisheit noch schrecklicher reinfallen als ich. Wenn Sie solch ein Weib kriegen, werden Sie auf kaltem Bettstroh liegen.»

Nachdenklich ging ich, das Trommeln im Ohr.

Einige Tage nach dieser Auseinandersetzung kam es zu einem schauderhaften Zwischenfall. Eine Taxe hielt vor der Villa Tagore, die in grüner Ruhe vor sich hin dämmerte. Es war Mai, die Tage lang und von betäubenden Gerüchen erfüllt. In wenigen Nächten waren alle Blüten aufgebrochen. Dem Taxi entstieg ein schmaler, vielleicht dreißigjähriger Mann, der mit tänzelnden schnellen Schritten den Weg zur Haustür nahm, als kenne er sich hier aus. Es klingelte Sturm. Ich wartete, daß Miklaicek öffnen würde. Da sich jedoch nichts im Hause rührte, ging ich selber öffnen, sah in das krampfhaft zuckende Gesicht eines Mannes von südlichem Typ und sah in den Lauf einer Pistole. Unter der Adlernase des Mannes krümmte sich ein dichter schwarzer Bart, blauer Rasurschatten lag auf den olivfarbenen Wangen. Wild fuchtelte er mit der Waffe herum. Ehe ich etwas tun oder sagen konnte, hörte ich das harte Klickklack der Bleistiftabsätze Billies auf der Giebeltreppe. Es kam zu einem heftigen Auftritt, laut und hemmungslos wurde geschrien, in einer Balkansprache, wie ich glaube, die ich als Germanist natürlich nicht verstand. Türen öffneten sich, die Mieter wurden lebendig. Einsperren, das Pack! schrie jemand von oben, während ich in der offenen Tür stand. Der Ausländer erblaßte. Ich assoziierte

Meschpoke, Hexenjagd, da tauen sie auf. Gwendolina warf mir einen Blick zu. Schließlich nahm sie dem willenlos dastehenden Mann die Pistole aus der Hand, drehte ihn bei den Schultern herum und schob ihn nach draußen. Sie stieg mit ihm in das Taxi und fuhr weg.

Ich übergehe hier die Aufregung, die diesem irrsinnigen Ereignis folgte. Miklaicek überwarf sich erneut mit den Mietern, schimpfte sie Bagage, Kroppzeug, Meschpoke, Polizei erschien natürlich, lange Protokolle wurden angefertigt.

Ein Arbeitsauftrag führte mich einige Tage weg aus dem scheinbar ewigen Frieden des Hauses. Zurückgekehrt, erwartete ich, daß Billie weggezogen oder zwangsweise aus Berlin entfernt worden sei. Grinsend, nach Schnaps duftend, empfing mich der Alte, den Affen in einer alten Einkaufstasche mit sich herumschleppend.

«Na, Jugendfreund», sagte er hintergründig, «da sind Se. Die kleenen Nervenfransen wieder in Ordnung?»

Er stellte die Tasche ab, der Rhesus wimmerte, alles war wie gewohnt. Der Alte folgte mir in mein Zimmer, brachte auch die Tasche mit dem Affen herein. Und es war wie ein Zwang, daß ich mich um die hilflose Kreatur kümmerte. Als erstes hob ich den Rhesus aus der Tasche. Der Affe klammerte sich an meinen Hals, legte das Köpfchen mit den angstvoll rollenden Augen und den zierlichen Pinselohren an meine Brust und hörte auf zu wimmern.

«Erzähl'n Se mal», sagte der Alte, «Sie sind ja dabeijewesen. Mut hat die Kleine, det muß ick schon saren. Sie ha'm wohl wieder dajestanden wie't Kind bei'm Dreck.»

Hier fällt mir beiläufig ein, was einem gelernten Tierpfleger gewiß bekannt ist. Der Affe fühlte sich immer kalt an, dauernd suchte er nach Wärme und beruhigte sich sofort, wenn er einen Menschen oder einen Gegenstand fand, der ihm Wärme übertrug.

«Ein schreckliches Haus ist das, Herr Miklaicek.»

«Wat rejen Se sich uff. Ick weet, wat los is.»

«Wo ist sie», fragte ich.

«Die Kleine? Uff Tour», erklärte Miklaicek. Er untersuchte meinen Schrank, angelte eine Flasche heraus, die bei meiner Abreise noch dreiviertel voll gewesen, wie ich genau wußte, jetzt aber kaum noch einen Daumenbreit Schnaps enthielt, und goß sich ein Glas ein.

«Bin so frei», sagte er, «woll'n Se ooch? Bißchen is noch drin.»

«Herr Miklaicek, was heißt das, auf Tour?»

«Det heißt, sie arbeitet bei de Post, als Telejrammbote», sagte der Alte, «die konnten ihr ja nischt, nur arbeiten musse, sonst is allet in Ordnung. Der Jugoslawe is nämlich 'n entfernter Verwandta vätalichaseits.»

Ich empfand eine Erleichterung oder Befriedigung über diese Mitteilung des Alten.

Im Institut begann damals eine neue Forschungsetappe, es ging im wesentlichen um die äußerst wichtige Frage der Neudefinierung des Begriffes Konflikt, und nicht nur das, auch Fragen der Widerspiegelungstheorie mußten dringend untersucht werden. Menschen gerieten nicht mehr deshalb notwendig in Konflikt, weil sie auf antagonistischen Positionen standen. Wir folgerten, an die Stelle des offenen Spektakels trat die nach innen verlegte Auseinandersetzung des Helden, philosophisch vertieft; sein Kampf mit Naturkräften, Technologien, den Widerständen des Dinges an sich, sozusagen. Kleinliche Empfindungen, sensible Charakterzeichnung oder psychologische Tiefenschau gehörten in andere, bei uns überwundene Gesellschaftsordnungen.

Wenn es nicht unbescheiden klingt, ich hatte meinen Anteil an diesen Untersuchungen des Chefs, gewissermaßen war ich es, der die literaturtheoretischen Aussagen formulierte.

Wieder folgten die Autoren nur zögernd den in sich völlig logischen Befunden unserer Wissenschaft, ich nenne hier keine Namen. Was bei Schriftstellern, deren Sachkenntnis naturgemäß beschränkt ist, noch hingehen mochte, war bei Fachkollegen kaum noch verständlich. Einige traten uns mit dem Hinweis auf einen «objektiven komplexen Lebensprozeß» entgegen, bezeichneten höhnend als «prästabilisierte Harmonie», was wir als Grundriß eruiert hatten.

Natürlich litt das Institut unter der unumgänglich gewordenen Entfernung dieser betreffenden Kollegen aus der Forschung.

Später lieferte ein Dramatiker überraschend den Beweis für unsere Theorie, freilich mit seinen Menschengestalten kam der Chef nicht auf du und du, obgleich er der Praxis um zehn Jahre vorausgeeilt war.

Wir, der Chef und ich, haben damals manch qualvolle Stunde durchlebt, von denen jüngere Kollegen sich heute kaum einen Begriff machen. Zum Beispiel erschienen erst sehr viel später eindrucksvolle Frauengestalten in der Literatur, deren Schicksale wiederum gänzlich andere Signale gaben.

Eine der merkwürdigen Gewohnheiten des Chefs war übrigens das Sammeln von Krimis, er verfügte über eine stattliche Bibliothek trivialer Schmöker. Beim Lesen dieser Detektivgeschichten pflegte er die Daumen hinter die Ohren zu legen, derart, daß seine großen Hände, mit den Flächen nach vorn, seitlich vom Kopf abstanden. Das sah natürlich komisch aus und gab zu Witzen Anlaß. Seine Krimis bewahrte er in einem riesigen Tresor auf, Giftschrank genannt, in dem sonst Untersuchungsmaterial lagerte, das nur den zuverlässigsten Mitarbeitern zur Einsicht überlassen wurde.

Was der Chef tat, war menschlich verständlich, wir haben alle unsere Fehler. Er suchte bei den Kriminalgeschichten Entspannung und Erholung von seiner außerordentlich fruchtbaren Forschertätigkeit. Selbstverständlich nahm er nicht für bare Münze, was er las.

Aber zurück zu meiner Geschichte. Ich versuchte in einem Musikgeschäft eine Platte mit der berühmten Sängerin zu erstehen, aber mir wurde bedeutet, daß die Nachfrage nach Jazzmusik in diesem Lande gering sei. Es lohne nicht, eine Platte auf den Markt zu bringen, unsere Menschen wünschten andere, gehaltvollere Musik. Ein reiches Angebot liege vor, Kálmán, Offenbach etwa. Die schönsten Operetten seien am Lager.

Auf nicht ganz korrektem Wege beschaffte ich mir die Platte und legte sie eines Abends auf. Ich will den Gedankengang, der dieser Inkonsequenz zugrunde lag, erklären. Dieses Mädchen, sagte ich mir, mußte irgendwelchen zweifelhaften Vorbildern nacheifern. Dort lag die Wurzel, ich wollte sie kennenlernen, um später einen Erziehungsprozeß einzuleiten. Um es gleich zu sagen, der unerlaubte Kauf war ein doppelter Fehlschlag, zumal Billie Holiday mit einer erstaunlich kraftvollen Stimme sang, wiewohl mir die Note stets um einen Viertelton darüber oder darunter gehalten vorkam. Hier stellte sich jedenfalls eine Künstlerin von Rang vor. Selbstredend hatte ich sogleich beim Kauf festgestellt, daß es sich um eine farbige Amerikanerin handelte, der Rassendiskriminierung ausgesetzt, der Solidarität bedürftig. Die Texte erschienen mir harmlos und, soweit ich sie verstand, nicht schlechter als die Operettentexte.

Miklaicek, den Vorgarten harkend, trat an das offene Fenster. «Wat ha'm Sie 'n da, Jugendfreund? Wohl uff'n falschen Sender jerutscht?»

«Billie singt, Herr Miklaicek», sagte ich launig, um ihn ein bißchen irrezuführen.

Ich hörte ihn durch die Tür poltern. Er kam ins Zimmer und sah bewegt auf die Schallplatte.

«Jetzt singt se schon uff Platte, alle Achtung, Jugendfreund.»

Ich klärte ihn über seinen Irrtum auf.

«Mein Sohn», sagte er drohend, «Ihre faulen Witze bring'n Se mal woanders an, nich bei'm ollen Mann. Ha'm Se det vastanden?»

Wie gesagt, die Identifizierung Gwendolinas mit der wirklichen Billie Holiday mißlang vollständig.

Ich liebe diese ruhigen, stillen Abende, am Fenster sitzend, lesend und nachdenkend, obschon gerade Sommerabende eine Plage sein können. Wegen der Mücken. Aus diesem Grunde setzte Miklaicek auch ab April Gazefenster ein. Es war ganz lustig, mit anzusehen, wie das fliegende Getier, dem Licht zustrebend, an der Gazewand abprallte.

Gwendolina hatte ich einige Wochen lang nicht gesehen. In dieser Zeit war ich ruhiger geworden, bedachte den Zwischenfall mit kälterem Blut und kam zu dem Schluß, daß, alles in allem, dem Mädchen kaum Schuld an jenem Auftritt zu geben war. Sie arbeitet, sagte ich mir, wenn auch zunächst in bescheidenem Rahmen. Übrigens hatte ich das Gefühl, Billie ginge mir aus dem Wege, aus einem Rest weiblichen Schamgefühls, wie ich vermutete.

An diesem Abend sah ich sie die Straße heraufkommen. Sie trug die Uniformjacke der Post und eine Ledertasche. Das Rad schob sie. Gerührt beschloß ich, die Freundschaft zwischen uns zu erneuern, legte die Platte in den schreiend bunten Umschlag, wickelte das Geschenk in altes Weihnachtspapier, das ich in einer Schublade fand, und schrieb einen kleinen Brief. Dann ging ich nach oben, um Billie zu überraschen, lauschte an der Tür, hörte plätschernde Geräusche und drückte die Klinke.

«Mister In», sagte das Mädchen mit einer solchen

Freude in der Stimme, daß ich die Peinlichkeit der Situation vergaß. Gwendolina wusch sich in einer Schüssel, kam sofort auf mich zu und umarmte mich bewegt.

«Entschuldigen Sie», sagte ich, «ich hätte anklopfen sollen, natürlich.»

«Wieso», sagte Billie, «unter Freunden? Haben Sie noch nie eine nackte Frau gesehen?»

Ihre Arme hatten nasse Spuren auf meinem Jackett hinterlassen, an meinen Wangen fühlte ich Seifenschaum.

«Ich bin ganz verschwitzt gewesen», erklärte sie, «mein neuer Job ist anstrengend, wissen Sie.»

«Ja, es ist auch schon recht warm. Nun gut.»

Wir, der Chef und ich, haben stets das Eindringen erotischer oder (und) sexueller, unserem Lebensgefühl fremder Darstellungen in unsere junge Literatur abzuwehren versucht. Einig wußten wir uns in dem Bemühen, den um seine Vollendung ringenden Menschen in den Mittelpunkt der Kulturaufgabe zu stellen, ins Zentrum gesellschaftlicher Aktivität vorzustoßen, nicht in den Randbezirken menschlichen Bestrebens hängenzubleiben. Von Erotik konnte in meinem Falle auch keine Rede sein, obschon ich verstohlen die Gestalt des Mädchens musterte, das sich ungeniert zu Ende abseifte, abtrocknete und anzog.

Billies Körper, ein zäher, beinahe sehniger Knabenkörper mit einem kümmerlichen Ansatz flacher, hart aussehender Brüste, bewegte sich rasch und geschmeidig. Ihre Haut war überall weiß, wie gepudert. Das Dreieck ihrer Schamhaare wuchs bis hinauf zum Nabel, unter den Achseln sprießten dunkle Haarbüschel. Billies gerade und schlanke Beine standen etwas auseinander. Ich fragte mich, ob dieser Körper im künstlerischen Sinne schön zu nennen sei, fand jedoch bei der Kürze der Zeit, die mir für meine Beobachtungen zur Verfügung stand, keine abschließende Antwort. Es wäre wichtig gewesen, denn wir debattierten damals gerade, ob der menschliche Körper Gegenstand unseres Realismus sein dürfe.

«Es tut mir leid», sagte Billie, «daß Sie meinetwegen Ärger gehabt haben. Sehen Sie, ich konnte nichts dafür. Ivo ist ein bißchen launisch, aber er ist ein ganz netter Kerl.»

Der aufgeregte Südländer hieß demnach Ivo, stellte ich bei mir fest.

«Ich hatte ihm eingeschärft, sich hier nicht blicken zu lassen», fuhr sie fort, «er will mich heiraten und glaubt aus irgendeinem Grunde, er könne über mich verfügen. Das ist natürlich Unsinn. Einen Mann, den Papa nicht gesehen hat, würde ich niemals heiraten.»

«Ich habe nicht die Absicht», bemerkte ich, «Ihnen Vorschriften zu machen. Je mehr ich über diese Geschichte nachdenke, desto klarer wird mir, daß Sie die geringste Schuld trifft.»

«Of course», sagte sie, «ich hab Schluß gemacht.»

Prüfend sahen mich ihre tintenblauen Augen an, die Lichtflecke darin veränderten sich, in ihren Blick trat etwas wie Spott oder Humor.

«Ihretwegen», sagte sie. Plötzlich brach sie in ein kollerndes Lachen aus, das mich mitriß.

«Und die Pistole», erinnerte ich sie, als wir uns einigermaßen beruhigt hatten.

«Bedeutet nichts», erklärte das Mädchen ruhig, «Mörder sehen anders aus und hören sich anders an.»

«Nun ja, mag sein.»

Im stillen sagte ich mir, daß ich zuwenig über diese Dinge wußte, um mitreden zu können. Mir wurde erst später deutlich, was Billie und ich bei diesem Gespräch aus unserem Bewußtsein verdrängt hatten. Einsperren das Pack, das anders aussah, sich anders benahm.

«Erledigt», sagte ich. «Wie sind Sie mit Ihrer neuen Arbeit zufrieden?»

«Im Sommer fahre ich gern Rad», sagte Gwendolina nach einer Pause, «im Winter müssen sie mir ein Auto geben. Ich kann gut Auto fahren, glauben Sie mir das? Papa hat es mich gelehrt, er war ein hervorragender», ihre Blicke fielen auf das Paket, das ich immer noch in der Hand hielt. Begehrlich fragte sie: «Was haben Sie denn in dem Paket? Ist das für mich?»

«Gewissermaßen ja. Es wird Sie freuen, hoffe ich.»

Sie löste die Verschnürung und nahm die Platte heraus. Ihr Gesicht, auf dem zuerst Neugier und Habgier standen, wurde länger.

«Ich hatte nur das Weihnachtspapier», sagte ich.

Gwendolina setzte sich auf das Sofa.

«Was ist denn», fragte ich.

«Ich mag diese Sängerin nicht», sagte Billie gedehnt, «die geht mir auf den Geist, ausgerechnet die kaufen Sie.»

«Das ist jetzt nicht mehr zu ändern, es war gut gemeint. Ich dachte, da bestünde eine Beziehung, habe mich also offenbar geirrt.»

Gwendolina zwang sich zu einem Lächeln.

«Nicht mal einen Plattenspieler habe ich», sagte sie. Die Platte weglegend, öffnete sie meinen Brief und las ihn.

«Das ist sehr nett von Ihnen», sagte sie, «kommen Sie, wir gehen zu Ihnen und hören uns die Platte an», sie verzog den Mund, «und trinken einen. Der Oldtimer kann mithalten.» Bis in die Nacht hinein spielten wir Schallplatten. Miklaicek, die Mütze auf dem Kopf, saß im Sessel und füllte die Gläser.

Billie tanzte, sie tanzte allein, denn ich bin des Tanzens kaum mächtig. Zumindest für dieses Mädchen hätten meine Kenntnisse nie ausgereicht, aber es war auch schöner, ihr zuzusehen. Die Arme hinter dem Kopf verschränkt, tanzte sie mit geschlossenen Augen und offenem Mund, bewegte, sich dem Rhythmus der Musik hingebend, ruckweise den Kopf.

«Jugendfreund», Miklaicek grinste, «Sie könn'n wirklich janischt.»

«Wirst du die Klappe halten, Oldtimer», sagte das Mädchen, «er ist ein guter Mensch.»

Sagte es ohne alle Ironie und ohne ihren Tanz zu unterbrechen.

Ein sonderbares Gefühl überkam mich, ein merkwürdiges Kribbeln auf der Haut stellte sich ein, als ich die federleichte Gestalt in den Armen hielt und mich den Bewegungen ihres Körpers anzupassen suchte. Ich sah in die dunkel glänzenden Augen, spürte den leichten Druck ihrer Arme auf meinen Schultern, roch den Duft von Erde, Menagerie und Kölnischwasser.

«Sie haben ein Mädchen», fragte Billie.

Es klang wie: Sie haben kein Mädchen.

Damals schrieb ich mich mit einer Kollegin, hochbegabt, in die der Chef große Hoffnungen setzte. Mit ihr tauschte ich seit längerem Briefe über beiderseits interessierende Wissenschaftsfragen. Gerade hatte sie mich um Rat gebeten, ob sie das ihr angebotene Lektorat in Bukarest annehmen solle oder nicht. Natürlich hatte ich ihr zugeraten. Die Verhältnisse waren also einigermaßen verwickelt, denn sie konnte sich ebensowenig von ihren Aufgaben freimachen wie ich von meinen.

Als ich Billie in den Armen hielt, tauchte das Gesicht dieser Kollegin vor mir auf, ein volles Gesicht mit dünnem Haar und scharfen Beobachteraugen, dicken Brillengläsern.

«Ist sie eine von diesen Erfolgsweibern», forschte Billie weiter, «eine abgehärtete Geldverdienerin?»

«Zumindest ist ihr Lebenswandel tadellos», sagte ich

kühl, denn Billie übertrat die Bannmeile, die sie selber zwischen uns errichtet hatte.

Dann schaltete sich der Plattenspieler aus. Billie ließ mich los, trat einen Schritt zurück und griff schwankend nach meinen Händen.

Ich führte das Mädchen zum Sessel, sie plumpste hinein, streckte die Beine lang aus und sagte: «Bums, ich bin tot.»

Kurz danach war sie eingeschlafen.

«Jugendfreund», sagte Miklaicek gehässig, «Ihn'n möchte man seine eijene Frau anvatrauen.»

«Ich glaube, das Mädchen ist betrunken», sagte ich, «was machen wir jetzt?»

«Lassen Se se hier schlafen», schlug der Alte vor, «ick paß uff se uff.»

«Das geht», sagte ich, «ich könnte oben schlafen.»

«Det machen Se mal», sagte Miklaicek, «den Affen neh'm Se aber mit, sonst ha'm wa hier die janze Nacht det Jewimmer. Ihn'n liebt det Vieh.»

So lag ich in dieser Nacht auf Billies rotem Sofa, halb ausgekleidet, mit einer Decke nur leicht zugedeckt, das Zebrafell und die Trommeln über meinem Kopf. Ich schlief nicht gut, der Affe lag halb auf meiner Brust und schmatzte im Schlaf genießerisch mit den Lippen. Ich fühlte die sanften Bewegungen der Kreatur, eine unbestimmte Erregung hielt mich wach. Erst gegen Morgen schlief ich ein, erwachte mit brummendem Schädel, stand auf und trat hinaus auf die Loggia.

Billies Kammer lag auf der Nordseite; habe ich das schon erwähnt? Auf der gegenüberliegenden Seite der Straße färbte die Sonne das zarte sommerliche Grün, malte weichgezackte Schatten von Blättern und Büschen auf die Häuserwände. Aus den Gärten stieg der würzige Geruch von Erde zu mir herauf. Ich genoß das alles, die Luft, die Frühsonne, den naiven Singsang der Vögel.

Unten ging die Haustür. Ich beugte mich vor, denn ich erwartete, Billie oder den Alten zu sehen. Es waren weder er noch Billie, sondern ein älteres Ehepaar, das zur Arbeit ging. Sie sahen herauf, wohl durch ein Geräusch, das ich verursacht hatte, aufmerksam gemacht.

«Schönen guten Morgen», sagte ich munter und nichtsahnend.

Der Mann blieb stehen und deutete mit dem Finger zu mir herauf. Ich konnte mir nicht denken, weshalb sie so unfreundlich waren und sogar den Gegengruß unterließen, etwas lauter wiederholte ich mein guten Morgen. Kopfschüttelnd gingen die beiden davon. Da erst bemerkte ich, daß ich nur mit einem Turnhemd bekleidet war, und flüchtete ins Zimmer zurück.

Der zweite Besuch, den mir Miklaicek innerhalb kurzer Zeit machte, bewies, wie sehr der alte Mann von dem Kartengruß Billies bewegt wurde. Damals waren die beiden unzertrennlich, das Mädchen brachte ihm ein Stück Jugend zurück. Der Alte wog mit dem Maß vieler Lebensjahre. Zweifellos glichen sich die beiden, obschon diese Behauptung absurd klingen muß. Sie liebte wie er eine schrankenlose Freiheit.

Miklaicek wärmte sich die schwarzbehaarten Hände an dem Grog, den ich ihm gebraut hatte. In dem Kordanzug und der alten Tellermütze sah er aus wie ein Transportarbeiter, wären sein Rücken nicht gekrümmt gewesen und seine Bewegungen langsam, vom Alter gezeichnet.

«Es ist jetzt still geworden bei Ihnen draußen», sagte ich.

«Det kann man wohl saren», erklärte Miklaicek, «ick jeh mit de Hühner in't Bett.»

«Und die Meschpoke», fragte ich.

«Die meisten sind schon unter de Erde», sagte Miklaicek, «jetzt wohnt 'ne Masse junget Volk in det Haus, et is ein Komm'n und Jeh'n. Die warten bloß uff 'ne Wohnung, wie Ihre hier. Det Haus is'n Taubenschlag geworn. Die Welt is schon lange nich mehr schön.»

Er schwieg eine Weile, trank langsam den Grog aus und starrte vor sich hin.

«Wissen Sie», sagte ich, «wenn ich an die Zeit zurückdenke, dann fällt mir zuerst die friedliche Stille da draußen ein, die Ruhe des Hauses.»

«Jugendfreund», sagte der Alte, «die Ruh war vor'n Arsch. Sie ha'm mia neulich mal gefracht, wer det Haus jebaut hat. Een reicher Jude war et. Dann hat sich 'n Nazi det Haus unter'n Narel jerissen. Hinten im Jarten hatta sich uffjehängt. Ne Zeitlang war 'ne russische Kommandantur drin. Denn hat sich irjend'n Erbe jemeldet, aus de Schweiz, jloobe ick. Wenn Se det unta Frieden vasteh'n, dann ha'm Se recht.»

Er schwieg lange.

«Na, und Sie? Ha'm Sie 'ne Mutti?»

Meine Mutter war kurz nach dem Tod meines Vaters ins Altersheim gekommen, sie überlebte ihn nicht lange. Das lag schon einige Jahre zurück, der Schmerz über den Verlust war nicht mehr gegenwärtig. Von meinen Geschwistern hörte ich wenig. Wir verstanden uns zwar ausgezeichnet, aber wegen der räumlichen Entfernung, sie wohnten in anderen Städten, kamen wir nicht häufig zusammen.

«Wenn ick Mutti sare», belehrte mich der Alte, «dann mein' ick eine Frau.»

«Doch», sagte ich, «vor zwei Jahren schon.»

«Det is, weil man ooch mal alt wird, deswejen, ick hab mia nie dran jewöhnt, alleene zu sein.»

Meine Frau, Anglistin, hatte sich der Lehre verschrieben. Lieber hätte ich gesehen, sie würde sich mehr in der Forschung betätigt haben. Selbstverständlich führten diese divergierenden Berufsauffassungen zu keinerlei

Eheschwierigkeiten; unser Zusammenleben verlief ruhig und normal, etwas eintönig vielleicht. Wir vermittelten einander genügend wissenschaftliche Anregungen, was insgesamt doch zu einem harmonischen Miteinander führte. Kleinere Mißhelligkeiten, etwa die Erziehung unseres Kindes betreffend, hielten nie lange an, zumal wir beide zu ausgeglichenen Verhaltensweisen neigten.

«Wenn Se mal an die Mutta schrei'm», sagte der Alte.

«Sie meinen Gwendolinas Mutter?»

«Sie ha'm se doch jekannt», sagte der Alte, «die weeß doch am ersten, wo die Kleine steckt. Ne Mutter weeß allet über ihre Kinda.»

«Arbeiten Sie eigentlich noch auf dem Schrottplatz», fragte ich, ihn ablenkend.

«Et jeht, solange et jeht», erwiderte Miklaicek, «schrei'm Se an die Olle. Tun Se mia den Jefall'n.»

«Viel wird dabei wohl nicht herauskommen.»

Eine der unangenehmsten Erinnerungen an Gwendolina oder Billie legte diese Bitte des Alten bloß. Der Begegnung mit Frau Lautenschläger war ein neuer Schreck um Billie vorausgegangen. Ihr Rad stieß mit einem zum Glück langsam fahrenden Auto zusammen. Der Fahrer lieferte die verletzte Gwendolina ins Krankenhaus ein und brachte uns die Hiobsbotschaft. Billie selber hatte den Unfall verursacht, wie er uns wortreich und aufgeregt erläuterte.

Er habe gleich ein komisches Gefühl gehabt, sagte der Fahrer damals, ein kleiner dicker Mann mit Hängebakken und einem zu kurzen Kinn, von einer Fettleibigkeit, die sich aber nicht mit dem Phlegma paarte, das Dicken sonst eigen ist.

Nach seiner Darstellung fuhr das Mädchen freihändig vor ihm, er habe das Tempo gedrosselt und zum Überholen angesetzt, als das Balg sein Rad nach links hinüberzog, direkt vor seine Kühlerhaube.

Wir, Miklaicek und ich, fuhren natürlich sofort ins Krankenhaus. Billie lag mit Kopfverband und geschientem Arm im Bett. Blumen brachten wir ihr, Obst, was man so in Krankenhäuser mitnimmt. Essen durfte sie nichts, wegen einer Gehirnerschütterung.

«Ach Jott, ach Jott, meine Kleine», jammerte der Alte.

«Jaja, Oldtimer, so ist das Leben», sagte sie kläglich.

«Was haben Sie sich bloß dabei gedacht», sagte ich.

«Ich bin schuldlos», sagte sie sofort, «der Kerl fuhr mindestens neunzig. Ich habe mich schon erkundigt, er kommt ins Zuchthaus, wegen versuchten Totschlags mit unglücklichem Ausgang, oder wie nennt man das, Mister In?» Ihre Augen glänzten fiebrig und vergnügt.

«Ich muß andauernd kotzen», sagte sie.

«Den würjen wia 'n Ding rin», sagte Miklaicek.

Es hätte schlimmer kommen können, sagte ich mir die Phrase her, mit der man sich immer bei Katastrophen zu trösten sucht. Überhaupt schien es besser, Gwendolina übertrieb das ins Komische, was ihr eine schmerzhafte Verletzung eingebracht hatte.

«Bist 'n tapferes Kind», sagte Miklaicek.

Einige Tage später, ich stand mit dem Alten im Vorgarten, kam eine ältere Frau unsere Straße entlang. Hier muß ich einflechten, daß Autos und Fußgänger in unserer Gegend eine Seltenheit waren. Freilich, zu den Wochenenden, bei schönem Wetter, bummelten manchmal Spaziergänger auch durch unsere Straße. Abends und wochentags fiel ein Fremder jedoch sofort auf.

Die Frau blieb vor der Gartentür stehen, stellte einen kleinen Koffer ab, beugte sich hinunter und las die Namensschilder. Ich ging hin und fragte, ob ich etwas für sie tun könnte. Das erste Gespräch wurde über den Zaun hinweg geführt.

«Mein Name ist Lautenschläger», sagte die Frau mit einer unschön rollenden Stimme.

«Die Frau Tante von Gwendolina», fragte ich.

«Die Frau Mutter», sagte die Frau, «lassen Sie mich mal rein.»

Sie wartete nicht, bis ich die Gartentür öffnete, sondern half sich selbst, indem sie mit dem Ellenbogen die Tür aufstieß. Ich nahm ihr verwirrt den Koffer ab, stellte mich als Hausgenosse und Freund ihrer Tochter vor, dirigierte die Frau an Miklaicek vorbei ins Haus, das heißt, in mein Zimmer. Dort bat ich sie abzulegen.

«Sehr höflich», sagte sie anerkennend, «meine Tochter bevorzugt sonst Stallknechte und Autoschlosser, die sich erst die Hand an der Hose abwischen müssen, ehe sie guten Tag sagen können.»

Sie zog einen leichten blauen Mantel aus, den ich weghängte. Miklaicek kam herein, offen gestanden, es wäre mir lieber gewesen, er wäre draußen geblieben. Die Frau machte sich mit dem Alten bekannt. Er setzte sich voller Erwartung, aber mit unverhohlenem Mißtrauen in seinen, in meinen Sessel.

«Ich nehme an», begann ich, aber Frau Lautenschläger unterbrach mich.

«Ich weiß alles», sagte sie, «für einen Tee wäre ich Ihnen verbunden. Ich habe den halben Tag auf der Bahn gelegen.»

Miklaicek grunzte übellaunig, ging aber auf meine Bitte hin in die Küche, um Tee zu kochen.

Die Mutter Gwendolinas trat entschlossen auf. Lebhafte, aber hellblaue Augen hatte sie, eine starke Nase und einen schmallippigen Mund. Ihre Figur, korpulent und dennoch beweglich, verriet etwas von ihrem Gemüt, das mir heftig oder ausgeprägt energisch erschien. Sauber, aber nicht auffallend angezogen war sie. Ihr Haar, ergraut, aber frisiert, ließ erkennen, daß sie auf sich achtgab und Wert auf ihr Äußeres legte.

«Nun erzählen Sie, was ich nicht weiß», sagte sie, sich

widersprechend, denn eben noch hatte sie behauptet, alles zu wissen.

«Fragen Sie lieber», sagte ich vorsichtig.

«Gut. Was hat die Göre hier angestellt? Schulden? Wie hoch?»

Ich beruhigte sie, meines Wissens habe Gwendolina nirgends Schulden, auch daß sie bei der Post arbeite, teilte ich der Frau mit, bemüht, ihr sowenig wie möglich zu sagen.

«Ja, zuweilen arbeitet sie», erklärte Frau Lautenschläger.

«Ich versichere Ihnen», sagte ich, «es ist alles in Ordnung.»

«Ich weiß nicht», sagte die Frau, die ich auf fünfzig schätzte, «wie Sie zu meiner Tochter stehen, die Sie so nachdrücklich verteidigen, was schön zu hören ist, mich aber nicht täuschen kann. Dieses Kind ist ein Sorgenkind. Es hat keinen Zweck, mir etwas zu verheimlichen, ich kriege alles raus, wenn nötig, von Gwendolina.»

Frau Lautenschlägers Auftreten stieß mich ab. Vielleicht hatte sie ihre Tochter aus dem Hause getrieben, allerdings, die Erzählungen Gwendolinas sahen anders aus. Ich entsann mich damals nicht sofort ihrer Worte, ob sie auf meine Frage nach ihrer Mutter geantwortet hatte, sie starb, oder sie ist für mich gestorben.

«Gwendolina hängt sehr an ihrem Vater», sagte ich, «nun ja.»

«Sie hat ihn nie gekannt», sagte die Mutter.

Miklaicek brachte den Tee; ich stellte Tassen, Zucker und Gebäck heraus.

«Lassen Sie den Tee ruhig noch ziehen», sagte sie, als ich ihn eingießen wollte.

Miklaicek nahm wieder seinen Platz im Sessel ein, schob die Mütze in den Nacken und hörte zu.

«Ich verstand Ihr Fräulein Tochter so», begann ich

wieder, die Mutter lachte, ihr Lachen klang unangenehm und kalt. Mich ärgerte ihr Verhalten, und ich sagte etwa, daß ich ihr Auftreten zumindest im Augenblick für unangebracht hielte. Schließlich liege ihr Kind, was auch immer zwischen ihr und Gwendolina vorgefallen sei, was mich nichts angehe, krank in einer Klinik, mit Armfraktur und Gehirnerschütterung.

Bestätigend nickte Miklaicek.

Frau Lautenschläger gestattete, daß ich ihr Tee eingoß. Ihre klugen Augen lächelten.

«Wissen Sie, was mich immer gewundert hat, ist dies», sagte sie, «was kann ein Mann an diesem verlogenen kleinen Biest begehrenswert finden? Meiner Tochter kehren sich die Männer zu wie Bienen der Sonne.» Sie trank die Tasse halb aus. «Ich vermute», sie zeigte auf meine Bücher, «daß Sie Ihre fünf Sinne beisammen haben. Jetzt möchte ich die Wohnung meiner Tochter sehen, falls Sie nicht beide hier zusammenleben.»

«Junge Frau», sagte Miklaicek, «ick bin hier der Hausherr.»

«Ist das Ihr Affe», die Mutter deutete mit einem langen Zeigefinger auf den Rhesus, der sich angstvoll in eine Ecke des anderen Sessels schmiegte.

«Nein», sagte ich, «er gehört Ihrer Tochter, wir haben uns des Tieres angenommen.»

«Sie hatte», sagte Frau Lautenschläger, «stets eine merkwürdige Neigung zu jeder Art Viehzeug. Zu Anfang waren es Schlangen und Kröten, dann ein Hund. Später forderte sie ein Pferd. Jetzt ist es also ein Affe, es hätte ebensogut ein Elefant sein können. Ich mag Tiere nicht.»

Ich nahm den Kammerschlüssel in der Diele vom Brett, wo er immer hing, wenn Billie nicht zu Hause war, alles unter den aufmerksamen Blicken der Frau, und ging ihr voran die Bodentreppe hinauf.

Oben sah sich die Mutter um.

«Wie kann man nur so viel Geld für solchen Tinnef ausgeben», sagte sie mit Bezug auf die exotischen Sammlungen, «verstehen Sie das?»

«Das meiste hat sie wohl von ihrem Bruder bekommen», sagte ich, «der, wenn ich recht verstand, Großwildjäger in Afrika ist.»

«Sie hat keinen Bruder», sagte die Mutter.

Wir traten hinaus auf die Loggia. Ein leichter Nieselregen ging nieder, ließ die Blätter leise erklingen, gab einen schwachen Trommellaut auf dem Dach, das mit Teerpappe gedeckt war.

«Welcher Art sind Ihre Beziehungen zu Gwendolina», fragte die Mutter, «offen heraus, ich bin nicht von gestern, und ich bin auch kein Monstrum.»

Das Wort Monstrum hakte sich irgendwo bei mir fest, Billie hatte den gleichen Begriff einmal auf sich angewendet. Mir fiel damals nur nicht ein, bei welcher Gelegenheit. Während ich die Mutter über den Charakter unserer rein freundschaftlichen Beziehungen aufklärte, setzte sie sich auf das rote Sofa und hörte geduldig zu.

«Sie müssen folgendes wissen», sagte sie dann, «der Vater Gwendolinas war ein Italiener. Ich bin Ihnen keine Rechenschaft schuldig. Nie wieder habe ich einen solchen kleinen Egoisten gesehen wie Gwendolina. Ihre Eifersucht ging bis zum Irrsinn. Ihr Stiefvater, ich hatte geheiratet, ein verständiger und ruhiger Mann, wurde ständig von ihr attackiert. Dann begann sie zu stehlen, einfach so. Ganz sinnloses Zeug nahm sie mit. Als wir mit ihr überhaupt nicht mehr fertig wurden, stimmten wir zu, sie in ein Spezialheim zu geben. Sie riß aus, trieb sich herum, kam in Jugendhaft. Sie ist nicht dumm, im Gegenteil, aber ihre Fähigkeit, sich im Leben zu behaupten, ist gering. Jedem äußeren Druck gibt sie nach oder weicht ihm aus, richtiger gesagt.»

Die Mutter öffnete ihr Kleid oben am Halse. Ich sah, daß ihr diese Beichte schwerfiel.

«Das verrückteste ist», fuhr die Mutter fort, «Gwendolina hat einen bestimmten, selbstgemachten Verhaltenskodex, der vielleicht in eine Sehnsuchtswelt paßt, sonst aber zu nichts führt, es sei denn in die Katastrophe. Einen Beruf hat sie nicht.»

«Aber sie ist doch Dolmetscherin», warf ich ein.

«Ein Dreck ist sie», sagte die Mutter ruhig, «sie soll sich zu ihrem Mann und ihren Kindern zurückscheren. – Ich werfe Ihnen nichts vor», sagte die Mutter gelassen, nach einer langen Pause, in der ich um Fassung rang, «Sie scheinen auf Ihre Weise ebenso weltfremd zu sein. Ich habe so etwas schon mehrere Male mit meiner Tochter erlebt. Würden Sie die Freundlichkeit haben, meinen Koffer heraufzubringen, zweitens diese Pauken von der Wand zu nehmen? Ich werde ein paar Tage hierbleiben.»

Ich tat, was sie verlangte. Danach legte ich mich hin. Miklaicek saß bei mir.

«Det is ja 'ne ulkige alte Schachtel, wat, Jugendfreund», sagte er, «die hat Ihn'n janz schön fertichjemacht.»

«Das haben Sie gut beobachtet, Herr Miklaicek.»

«Ick wer se rausschmeißen», schlug der Alte vor.

«Das lassen Sie bleiben, die Sache ist schon verworren genug.»

Der Druck in meinem Kopf ließ so weit nach, daß ich einigermaßen klar denken konnte.

Ich habe das Gespräch mit Gwendolinas Mutter so deutlich wiedergegeben, wie es mir in Erinnerung geblieben ist. Selbstredend hatte ich noch Fragen, die ich der Mutter nicht stellen wollte, an deren Beantwortung mir jedoch gelegen war. Ich sagte mir, dieses Mädchen ist absolut untypisch für unsere, im Werden begriffene neue Gesellschaft, ein Parasit. Mit dieser Feststellung hätte es genug sein können, aber was, um Himmels willen, dürfen wir denn überhaupt als typisch bezeichnen, im Sinne der Widerspiegelungstheorie? Mein Leben hatte sich innerhalb eines Jahres auf vielfältige Weise mit dem Leben Gwendolinas verknüpft. Nicht ohne Erstaunen registrierte ich eine positive oder negative, wie soll ich es nennen, Wirkung des Mädchens auf mich. Eine Neigung demnach zum Anachronistisch-Untypischen? Woraus dann nur zu folgern wäre, daß ich selbst mich anachronistisch verhielt?

Mit dem Chef besprach ich diese paradoxen Vorstellungen, wie ich mich entsinne. Es gebrach mir wohl an Überzeugungskraft, denn er erwiderte, es sei eine Beschwerde der Mieter meines Hauses gekommen. Orgiastische Feste solle ich nächtens in meiner Wohnung feiern. Ich solle ihm jetzt nicht mit Wissenschaft kommen, meinte der Chef und zählte die Reihe tatsächlicher Fälle oder ihrer literarischen Niederschläge auf: Aristoteles, Perikles, Higgins, der Professor Rat. Selbst in jüngster Zeit seien Gelehrte über ihren Studien zu Fall gekommen, sechzigjährige Berühmtheiten hätten sich mit ihren zwanzigjährigen Sekretärinnen gepaart und sich, um ihre Forschungen zu retten, scheiden lassen. Der Chef redete über Menschliches, Verständliches, aber er dachte auch an den Ruf des Institutes.

Selbstredend verwahrte ich mich gegen diese niederträchtigen Anwürfe. Ich sagte ihm, er wisse längst nicht alles. Der Fall runde sich so: Durch unsere Schule gegangen, straffällig geworden trotz aller Sorgfalt, bedenkliche Umtriebe, Mann und Kinder verlassen. Wie ist das einzuordnen, soziologisch, literaturwissenschaftlich? Auch unter dem Aspekt, daß Hunderttausende Frauen mit Vergnügen die Annehmlichkeiten des Neuen auf sich genommen, Familie, Beruf, gesellschaftliche Arbeit?

Betont zurückhaltend sagte der Chef, ich solle nicht Dinge miteinander vermengen, die sich kaum berührten, einen moralischen Lebenswandel und Literaturgeschehen. So plump habe noch niemand versucht, ihn vom Thema abzubringen. Er verstand also nicht. Immerhin handelte es sich um einen hochinteressanten Teilaspekt unserer Forschung. Erst Jahre später, als ein ähnlich gelagerter Fall zur Bühnenvorlage wurde, schrieb ich zusammen mit meiner Frau darüber, die sich übrigens ausgezeichnet in der Materie zurechtfand. Der Aufsatz, erschienen in einer Fachzeitschrift, regte eine bedeutsame Debatte über dialektische Probleme der Wirklichkeitserfassung an. Ein Jurist wünschte diese Art Kriminalfälle als abseitig, sozial untypisch aus der Literatur zu verbannen. Darauf schrieb der Chef eine seiner berühmten bissigen Erwiderungen, fügte eine Liste weltliterarischer Titel bei, beginnend mit den Schillerschen Räubern, endend mit Tolstois «Auferstehung». Daß uns, meine Frau und mich, der Chef unterstützte, obschon unser Verhältnis längst kritisch geworden, zeigt wohl recht deutlich, welch Format er besitzt, wie schnell er sich an Neues anzupassen vermag und Nutzen daraus zieht.

Als Miklaicek die Rede auf Gwendolinas Mutter brachte, fiel mir das alles wieder ein. Ich besaß ihre Anschrift, Gräfenhainichen.

«Vielleicht ist dieser Einfall doch nicht schlecht, Herr Miklaicek», sagte ich.

«Oder die Olle is schon dod», sagte der Alte trübe, «vasuchen Se et, Jugendfreund.»

Am Abend schrieb ich einen Brief an Frau Lautenschläger, setzte ihr mit vorsichtigen Worten auseinander, worum es ging, und fügte, um nichts offenzulassen, eine Beschreibung meiner Lebensumstände hinzu.

Ich hatte einen Traum. Ich lag in einer Dachkammer, vom offenen Fenster her wehte die Gardine ins Zimmer. Eine etwas heisere, mir gut bekannte Stimme befahl mir aufzustehen. Ich konnte Billie nicht sehen. Der Stimme folgend, schwang ich mich behende über die Brüstung der Loggia, erklomm mühelos das Dach. Auf dem First hockte das Mädchen, dürftig bekleidet wie ich, den Gipsarm abgewinkelt. Sie gab mir eine Karte, auf der zu lesen stand *Für die Zwillingshunde.* Waghalsig, sonst nicht meine Art, schritt ich den Dachfirst bis zum Ende entlang und hielt die Karte hoch. Der Nachthimmel funkelte von ungezählten Sternen, und ich strengte mich an, das genannte Zweigestirn zu finden, von dem ich nie gehört und das es, wie ich glaube, auch gar nicht gibt. Aufs Geratewohl hielt ich die Karte hoch, der ich im Traum magische Kräfte zuschrieb. Aus dem Firmament wurde ich angerufen, zwei Wünsche stellte mir das Tiergestirn frei.

Ich bitte um Nachsicht. Keineswegs hatte ich mich widerstandslos in dieses Abenteuer gestürzt. Mit einer gewissen Skepsis und Selbstironie stand ich diesem Traum gegenüber, als ein schlafender Beobachter. Noktambulismus war es nicht, erstens kamen in meiner Familie keine Fälle von Schlafwandel vor, zweitens schien in dieser Nacht kein Mond. Es war Neumond, wie ich anhand des Astronomischen Kalenders feststellte.

Launig sagte ich dann wohl, Großer Zwillingshund, als erstes wünsche ich mir einen Beutel, der nie leer wird, sagte es mit dem ironischen Unglauben Erwachsener und dem Schuldgefühl dessen, der täglich das Wasser rastlosen Bemühens um das Glück der Gesellschaft als Vorbedingung für das Glück des einzelnen predigt und beim heimlich getrunkenen Wein mühelosen Aneignens von Glücksgütern erwischt wird.

Zugestanden, erwiderte die Stimme.

Bei dem bekannten Glauben des Volkes an die Kraft zauberischer Eingriffe durch Feen, Hexen und Elfen wird leicht übersehen, daß von drei Wünschen in der Regel zwei überflüssig sind. Ich hatte als Germanist darüber nachgedacht, und das Resultat meiner Denkarbeit schlug sich jetzt, individuell verarbeitet, im Traumgeschehen nieder. Ich wünsche mir, sagte ich den Zwillingshunden, ein ruhiges, durch keinerlei Zufälle gefährdetes Leben. Auch das wurde mir gegeben. Ein pfiffiger Gedankengang, wie leicht einzusehen. Geld hätte ich besessen und wäre nicht mehr mit den Problemen des Lebens befaßt gewesen. Es war eben ein Traum. Im Zurückgehen fühlte ich etwas Seidiges an meiner nackten Wade, diese Berührung vermittelte mir ein schon bekanntes Gefühl. Ich beugte mich hinunter, um den Rhesus aufzunehmen, geriet ins Schwanken und stürzte. Dabei erwachte ich, den Affen im Arm.

Dieser Traum wiederholte sich einige Male, bis ich, der Sache überdrüssig, mir mit Tabletten zu einem Tiefschlaf verhalf. Seit dieser Zeit habe ich Ähnliches nie wieder geträumt, ich schlafe fest, traumlos und durch nichts beunruhigt.

Der Rhesus, wissenschaftlich Simia rhesus, beheimatet in Japan, Indien, Südchina und Nordafrika, war jedenfalls die Ursache dieser Vision. Ich sollte hier einflechten, daß Simia natürlich in allen möglichen Spezies vorkommt, die sich teilweise erheblich voneinander unterscheiden, durch Farbe, Größe und Schwanzlänge. Reines Weiß wird in der einschlägigen Literatur kaum angegeben. Simia arctoides hat sogar eine braune Farbe. Mister Hysteric wich, wie seine Herrin, von aller Norm ab. Der Rhesus wurde in der breiten Öffentlichkeit weniger als Lebewesen denn als Träger bestimmter Bluteigenschaften bekannt, denen in der Geburtshilfe eine wichtige Rolle zu spielen bestimmt ist. Ich hatte mich sehr an das Tier gewöhnt. Mister Hysteric liebte die Geselligkeit, er spielte gern. Sein Intelligenzgrad war vergleichsweise hoch. Miklaicek hatte sich nie an den Affen gewöhnt, was auf Eifersuchtskonkurrenz zu beruhen schien.

«Jugendfreund», sagte der Alte, «ick weeß nich, wat Sie an den Affen ha'm.»

«Nun ja», sagte ich, «Sie sehen, daß, im ganzen genommen, auf die Beschränktheit des Affen mehr Verlaß war als auf die Schwindeleien Ihrer Freundin. Wir sind beide schnöde hereingelegt worden, Herr Miklaicek.»

«Hat se Ihn'n anjepumpt? Nee. Hat se Ihn'n ausjenutzt? Ooch nee. Ha'm Sie irjendein' Schaden durch ihr jehabt? Se hat Ihn'n bißchen uff Trab jebracht, det schon, aber det hat Ihn'n nischt jeschadet, im Jejenteil.»

«Das ist wohl nur die praktische Seite», bemerkte ich, «zuweilen träume ich schon von dem Mädchen.»

«Det wär ja 'n Fortschritt in Ihre Beziehung'n», meinte der Alte, «ernsthaft, wat hat se jemacht, wat Sie wat anjeht?»

Das waren freilich überraschende Äußerungen, die nicht ohne Widerspruch bleiben durften. Ich sagte etwa, daß menschliches Zusammenleben erst durch das Einhalten normativer Moralgesetze ermöglicht werde, sagte, daß Ungeheuerliches geschehen sei: das Mädchen ist gar kein Mädchen, sondern eine Frau, nicht von der anatomischen Seite her betrachtet; Gwendolina verläßt Mann und Kinder, trägt sich unter falschem Namen ins Hausbuch ein, welches er, Miklaicek, verantwortlich zu führen habe.

«Kenn' Sie den Mann», fragte der Alte.

«Wir werden ihn sicher kennenlernen», prophezeite ich.

«Ick schmeiß ihn raus, Meschpoke ha'm wa hier jenuch.» Er schniefte und sagte: «Keen Mensch is vapflichtet, sein' Nam an'n Jartenzaun zu malen. In't Hausbuch steht ihr richtijer Name.»

Zweifellos, mein Temperament war wieder einmal mit mir durchgegangen. Ich rief mir die Erzählungen Gwendolinas ins Gedächtnis zurück und sagte mir, bei weniger Gutgläubigkeit hätte ich das Phantastische daran selbst herauszubringen vermocht.

«Und Sie komm' ma wieder uff'n Teppich», riet der Alte, «sonst isset aus mit unsere Freundschaft.»

Eines Abends war der Rhesus nicht mehr da. Ich hörte Gwendolina in ihrer Dachkammer singen. Auf meinem Schreibtisch stand ein Blumenstrauß in einer Vase, ein Paket lag daneben, dessen Form ein Buch vermuten ließ. Es enthielt tatsächlich ein Buch, einen dickleibigen Wälzer, von einem Autor, dessen Namen ich hier verschweige. Es handelte sich um einen der heftigsten Widersacher des Chefs. Bei jedem anderen als Gwendolina hätte ich dieses Geschenk als Taktlosigkeit empfunden, der Betreffende hätte sich die Antwort nicht hinter den Spiegel gesteckt. So aber verstand ich die Geste als einen Versuch, wiedergutzumachen. Gwendolina konnte ja nicht ahnen, welche Schlachten wir austrugen; sie hatte guten Glaubens gehandelt und mir eine Freude machen wollen. Damals lernte ich zum ersten Male ihre unleserliche kraklige Handschrift kennen. Sie schrieb: «Verzeih, Mister In. Darf ich Sie Du nennen? Das Leben ist manchmal nicht so einfach, wie es scheint. Sine ira et studio, wie Du wohl sagen würdest, prüfe ohne Rachegefühle und ohne Voreingenommenheit für Deine unglückliche Gwendolina.»

Ein hilflos anmutendes Briefchen, nicht wahr? Mit kaum unterdrücktem Widerwillen blätterte ich in dem Buch. Es strotzte von Denkfehlern und falschen Ausgangspunkten. Trotzdem stellte ich es ein. Ich besitze es heute noch, ohne freilich je darin gelesen zu haben.

«Schmerzen habe ich nicht mehr», sagte Billie, «nur hin und wieder Gleichgewichtsstörungen.»

«Das wird sich geben», sagte ich.

«Vielleicht bekomme ich eine Lebensrente», sie setzte sich auf das Sofa, fand aber nicht die richtige Lage für den Gipsarm.

«Würdest du mir ein Kissen geben», bat sie.

Ihr eckiges Gesicht, blaß, gezeichnet von Krankheit, war leer und traurig. Ich hatte ein paar Tage verstreichen lassen, ehe ich Gwendolina in ihrer Bodenkammer aufsuchte. Ihre trübe Stimmung verstand ich. Gwendolina mußte sich natürlich sagen, daß mein Verhältnis zu ihr nicht mehr so unbefangen war wie vor dem Besuch ihrer Mutter.

Die Mittsommernächte waren angebrochen. Selbst nachts schlossen sich die Blüten in den Gärten nicht mehr ganz. In der Bodenkammer herrschte ein gläsernes Dunkel, in dem sich alle Gegenstände noch gut erkennen ließen.

«Mein Schädel brummt», sagte Gwendolina, «stört es dich, wenn ich mich hinlege?»

Ich sagte, daß ich gehen würde, falls sie schlafen wolle. Ihre angegriffene Gesundheit forderte sichtbar Ruhe. Nichts tut Rekonvaleszenten so gut wie Schlaf. Soviel Arzt war ich immerhin.

«Bleib noch, bitte», sagte sie.

Sie erhob sich schwerfällig, schwankte leicht, und ich sprang hinzu, um ihr zu helfen. Ich war es, der Laken und Kopfkissen aus dem dafür bestimmten Schrank nahm, während Gwendolina sich abmühte, ihre Bluse abzustreifen.

«Macht es dir was aus, mir zu helfen», fragte sie, «ich krieg das Zeug allein nicht runter.»

«Nein, natürlich nicht», sagte ich. Das Du hatte sich zwischen uns von selbst ergeben, unsere Bekanntschaft währte schon so lange, daß sich unsere Verkehrsform der Dauer der Zeit anpaßte. Der Gipsverband, schien mir, war derart ungeschickt angelegt, daß Gwendolina ohne Hilfe nie aus der Bluse herausgekommen wäre.

«Das ist alles so natürlich zwischen uns, nicht», sagte sie, «finde ich wenigstens.»

«Gewiß.» In den Menageriedult mischte sich der Geruch von Desinfektionsmitteln. Ich roch es, denn ich mußte natürlich nahe an Gwendolina herangehen, um sie auszuziehen. Rock, Schlüpfer und ihre Riemensandalen legte Billie ohne meine Hilfe ab. Im Dunkeln war ihre Gestalt als tiefer Schatten vor dem Fenster sichtbar.

«Das Nachthemd», sagte sie, «es liegt im Schrank oben, nimm ein neues, zur Feier des Tages.»

Ich wählte unter dem Zeug das mir passend scheinende, aber sie forderte ein anderes, leichteres, was wegen der Wärme in dieser Jahreszeit auch erklärlich war. Übrigens war das Hemd, für das wir uns schließlich entschieden, insofern günstig, als es keine Ärmel, sondern weitgeschlitzte offene Seiten hatte. Dennoch ließ es sich nicht ohne weiteres über den Gips ziehen. Haut streifte meine Hände. Gwendolina führte eine ungeschickte Bewegung aus, und der harte Gips stieß mit der Schläfenpartie meines Kopfes zusammen. Sie selbst durchzuckte anscheinend auch ein Schmerz, denn sie schrie leise.

«Entschuldige», sagte ich erschrocken, «als Krankenpfleger bin ich wohl schlecht geeignet. Guter Wille macht es eben nie allein.»

«Im Gegenteil», sagte sie, «das hast du sehr schön gemacht. Hat es weh getan? Das wollte ich wirklich nicht. *Ich* muß mich entschuldigen.»

«Bitte», sagte ich, «das macht doch nichts.» Ein kleiner Streit entstand, wer sich bei wem zu entschuldigen habe, der natürlich nicht ganz ernst gemeint war.

Gwendolina oder Billie, obschon mir der Name nicht

mehr recht über die Lippen wollte, schien mir doch sehr verändert. Alles Schnoddrige, Unfrauliche war durch die letzten Ereignisse von ihr abgefallen. Mochte die Mutter übertrieben haben, mochte Gwendolinas Unfall diesen tiefgreifenden Wandel bei ihr verursacht haben, kurz gesagt, mich beglückte es, daß sie ohne diese aufreizende Ironie war. Sie streichelte die schmerzende Stelle an meinem Kopf.

«Mir dreht sich alles», sagte sie dann.

«Wenn du liegst, wird es sicher besser.»

«Meinst du?»

Sie stützte sich auf meine Schulter, ich führte sie, meinen Arm um ihre Hüfte gelegt. Ein Sturz hätte eventuell zu neuen Komplikationen der Armfraktur geführt. Ihr Körper zitterte wie im Fieber. Ich war froh, als ich Gwendolina endlich im Bett hatte.

«Soll ich dich zudecken», fragte ich, denn ich dachte an die Nachtkühle und wollte vermeiden, daß Gwendolina später allein aufstehen mußte. Wohl hatte ich gesehen, wie labil ihre Gesundheit noch war.

«Nein», sagte sie, «ist dir nicht heiß? – Oder doch», sagte sie dann, «jetzt friere ich plötzlich.»

«Siehst du», sagte ich, «mit solchen Nächten soll man nicht spaßen.»

Ich trat mit einer Wolldecke an das Sofa. Unsere Gesichter näherten sich, obschon es dunkel war, konnte ich das tintige Blau ihrer Augen sehen.

Es gibt wenige Beispiele, die diesem ersten Kuß gleichen. In der Literatur findet sich nichts Ähnliches, und ich stellte fest, das Leben ist doch um manches trivialer. Gwendolina legte den geschienten Arm um meinen Hals. Der rauhe Gips kratzte unangenehm. Ich nehme an, daß sie sich ursprünglich nur aus irgendeinem Grunde aufstützen wollte, gleichviel, unsere Lippen gerieten unvorhergesehen zusammen.

Es wäre jetzt sinnlos, das Folgende deutlicher zu schildern. Auch, aber nicht nur aus Gründen, die der Erhellung von Charakteren in der Literatur dienen, werden solche Episoden von den Autoren leichtfertig eingebaut. Wiewohl mir bewußt ist, daß sich Menschen einen guten Teil ihrer Zeit mit diesen Dingen beschäftigen, muß doch hinzugefügt werden, eben nicht den wichtigsten Teil. Wie dem auch sei, in jener Nacht des Begehrens spielten solche Überlegungen nur eine untergeordnete Rolle in meinem Denken. Es war ein beschwingter Vogelflug, etwas, was uns leicht und schwerelos wegtrug, was dem Traum glich, in dem ich mich auf dem Dach gesehen.

«Wie heißt du denn nun wirklich», fragte ich.

«Friedrichs», sagte sie, «hinten mit einem überflüssigen S. Ich finde das blöd, du auch?»

«Nun ja», sagte ich, «was bedeuten Namen? Aber diese Geschichte muß ja ins reine gebracht werden.»

«Geh mir bloß nicht auch noch damit auf den Geist», sagte sie, «ich bin von früh bis spät belehrt worden. Wollte ich grün, bekam ich blau. Immer hat ein anderer für mich entscheiden wollen, meine Mutter, mein Stiefvater, die Lehrer. Über mich wurde nicht *einmal* zu Gericht gesessen, sondern *täglich*. Dieses Kind ist schlecht, faul, bequem, durchtrieben, okay, jetzt will ich das alles auch sein. So viele gescheite Leute dürfen sich ja nicht geirrt haben.»

Selbstredend hätte ich widersprechen müssen, ich hätte es auch getan, nur jetzt, wo ich Gwendolina noch im Arm hielt, wollte ich schweigen.

«Mir war sicher so mies», sagte sie erleichtert, «weil ich lange nicht gebumst habe. Also keinen Mann hatte», sie schmiegte ihren Kopf an meine Schulter.

«Und was soll nun werden», fragte ich, «du mußt dich scheiden lassen.»

«Muß, mußt», sagte sie, «du bist ein furchtbar lieber netter Kerl, Mister In, und doch fängst du schon an, mir Vorschriften zu machen. Glaub mir, so wird es nie wieder zwischen uns.»

«Komisch», sagte ich, «jetzt ahne ich, daß ich gleich in dich verliebt war.»

«Of course, du kleiner Dummkopf», sagte sie.

Ich wartete, bis sie fest eingeschlafen war, aus der Literatur wissend, daß sich Frauen langsamer aus dem Nachspiel einer Liebesstunde befreien als Männer. Dann ging ich leise nach unten.

Für gewöhnlich schlafe ich schwer ein. Deshalb arbeite ich meist bis gegen Mitternacht, vertrete mir noch für einen Augenblick die Füße, ehe ich mich hinlege. Mein Tiefschlaf ist dann ungestört. In jener Nacht spürte ich eine angenehme Müdigkeit. Ich war ein gesunder Mann im besten Alter und schlief sofort fest ein. Erst am Morgen weckte mich der alte Miklaicek.

«Jugendfreund, woll'n Se nich in Ihre Bude jeh'n? Wie soll der Sozialismus ohne Ihn'n vorankomm'n?»

«Offen gestanden», sagte ich gähnend, «fehlt mir heute jegliche Lust, in einer dieser muffigen Schreibstuben zu sitzen, aber ich werde der Ordnung halber aufstehen und meine Dienststelle anrufen.»

Der Alte kniff ein Auge zusammen. «Ach, kiek mal an, die schnöde Kleine.»

«So ist es, Herr Miklaicek», sagte ich.

Nach dem Frühstück, das wir alle zusammen oben bei Gwendolina einnahmen, ein ausgedehntes Frühstück, spazierte ich zur Post, um zu telefonieren. Der Chef war auf Dienstreise, die meisten unserer leitenden Mitarbeiter nicht im Hause, wie das oft so ist, wenn die Vorgesetzten auswärts zu tun haben. Ich entschuldigte mich für diesen Tag, versprach aber, am nächsten wieder im Dienst zu sein.

Die Meschpoke brachte natürlich bald heraus, welche Wendung die Dinge genommen hatten. Mir war es gleich, muß ich sagen. Rückständige Auffassungen, lebensfremde Haltungen haben mich stets zu heftiger Kritik veranlaßt, mehr als einmal jedenfalls.

Dem Chef, er pflegte die Menschen, mit denen er täglich umging, gründlich zu beobachten, fiel eine Veränderung an mir auf. Schon mehrmals hatte ich versucht, ihn von dem, wie ich damals meinte, nahe bevorstehenden Wechsel in meinen persönlichen Verhältnissen in Kenntnis zu setzen. Er wich mir aus, oder seine knapp bemessene Zeit verhinderte die notwendige Aussprache. Aber auch durch wachsende Meinungsverschiedenheiten wurde unser Verhältnis belastet. Von uns kleineren Mitarbeitern verlangte der Chef überraschend stärkere publizistische Tätigkeit, woran bei unserem Personalmangel gar nicht zu denken war. Er warf uns plötzlich vor, seine Forschungen zu entstellen, nannte bewährte Philologen, die sich seit eh und je mit althochdeutschen Texten beschäftigten, nicht genügend volksverbunden und polarisierte die Forschungskreise in Klassik und Gegenwart. Jemand solle den dritten Teil des «Faust» schreiben, wünschte er.

Ich muß hier nicht sagen, welche Aufregung diese Kritik nach sich zog. Schmerzlicher Verlust an Mitarbeitern war die Folge. Allerdings trennte der Chef Privat-Menschliches streng von der Arbeit. Er hielt sich für jeden Mitarbeiter stets offen. In den Resultaten seiner Forschung war er nach wie vor über jeden Zweifel erhaben. Es lag also an mir, wenn ich unsere Beziehungen als belastet empfand. Bis zu seinem Abgang aus dem Institut kam es zwischen uns nicht zu der von ihm und mir gewünschten Klärung unserer Standpunkte. Wie sehr mich der Chef schätzte, wie gut er mich kannte, erfuhr ich bei Gelegenheit, als er seinen Kopf durch die Tür meines Arbeitszimmers steckte und mir mitteilte, daß ich endlich eine Neubauwohnung bekäme. Meinen Dank wehrte er mit der ihm eigenen Bescheidenheit ab. Es ist schon merkwürdig, wie sich manchmal die Zufälle aneinanderreihen.

Das Neubauviertel lag etwas außerhalb der Stadt. Im Rohbau standen die Häuser schon. In den oberen Stockwerken arbeiteten bereits die Maler. Meine Wohnung im zweiten Stock sah dagegen noch wüst aus. An den unverputzten Wänden schlängelten sich eingegipste elektrische Leitungen nach oben, verschwanden in der noch rohen Decke. Immerhin war es möglich, sich die Einrichtung der Zimmer vorzustellen, die Möbel auszusuchen und zu bestellen.

«Bist du reich», fragte Gwendolina.

«Der neue Mensch ist reich an Beziehungen, mein Kind», sagte ich.

«Ich meine, ob du Geld für die Einrichtung hast.»

Gwendolina trug ein graues Kostüm mit knielangem Rock und einfache schwarze Schuhe.

«Es muß ja nicht alles gleich sein», sagte ich.

«Doch, es muß alles sofort sein, finde ich», sagte sie, «sonst quält man sich so lange mit fruchtlosen Wünschen herum, bis einem die Erfüllung nichts mehr bedeutet. Man ist schon wieder mit anderen Wünschen beschäftigt.»

Wir betraten den Balkon.

«Ich habe das Gefühl», sagte Gwendolina rauh, «ich soll schon wieder in einen neuen Käfig. Ich wäre so gern gereist, weißt du. Lateinamerika, geben Sie mir mal den Whisky rüber, Patron, sag ich. Ich bin die Frau auf dem weißen Pferd, ich sitze auf dem Rang der Stierkampfarena. Meine Koffer sind immer gepackt. Für mich steht immer ein Taxi, ein Flugzeug oder ein Schiff bereit.»

Zwischen den Häuserblöcken zeichneten sich die Verläufe künftiger Straßen ab. Vor einem schon bezogenen Haus flatterte Wäsche auf der Leine.

«Wir werden reisen», sagte ich, «später.»

Sie nickte schweigend.

«Buchregale werden wir wahrscheinlich bestellen müssen», sagte ich, «die Küche ist zum Glück eingebaut.»

«Surely», sagte Gwendolina, «wie heißt das deutsche Wort, verdammt noch mal.»

Gegen Ende des Sommers kam der Abschnittsbevollmächtigte. Während er oben in der Bodenkammer mit Gwendolina verhandelte, sagte Miklaicek: «Die Meschpoke, wat woll'n die denn?»

«Das Haus geht mir langsam auf die Nerven, Herr Miklaicek», sagte ich.

«Ick steck et an», sagte der Alte grimmig.

«Jetzt keine Dummheiten, ich bin auch noch da.»

«Ach Sie», sagte Miklaicek wegwerfend, «Sie ha'm Ihr'n Spaß jehabt und wer'n die Kleine bald vajessen ha'm.»

Ich erklärte dem Alten, daß Gwendolina und ich heiraten würden, sobald die Scheidung erfolgt wäre, auch unsere neue Wohnung erwähnte ich. Alles könnte sich ein paar Monate hinziehen.

Der Alte schob die Mütze in den Nacken.

«Ich weiß, daß Sie an Billie hängen», sagte ich, «erfahren müssen Sie es ja doch, besser gleich und von mir.»

«Jugendfreund», sagte der Alte, «det glooben Sie? Sie sind ja noch dümmer, als ick dachte.»

«Sie werden es erleben.»

Dann kam jener Abend nach dem zweiten Verhandlungstermin. Ich hatte Miklaicek gebeten, ein paar Einkäufe für mich zu erledigen. Ein kleines Essen wollte ich geben. Leider hatte sich der Alte störrisch gezeigt, aus Eifersucht, wie ich glaubte. Ich wünschte die Freundschaft zwischen uns zu erhalten, denn er litt unter der Einsamkeit und schloß nur noch schwer neue Freundschaften.

In den zurückliegenden Tagen war Gwendolina wenig mitteilsam gewesen. Ich drängte sie nicht, sondern wartete ab. An jenem Abend sollte der Schlußstrich unter ihre verpfuschte Ehe gezogen werden. Blumen kaufte ich, Getränke, holte Aufschnittplatten.

«Lejen Se zwei Messer und Jabeln mehr uff.»

Er stand an meinem Fenster und sah auf die Straße.

«Wieso?»

«Die Mama kommt mit und der Kerl, uff den Se sich so jefreut ha'm. Ick fühl mir nich, ick leje mia hin, Jugendfreund.»

Damit verschwand er in seinem Zimmer. Trotz schlimmer Ahnungen trieb es mich ans Fenster. Links von Gwendolina ging rüstig die Mutter, rechts ein Mann mit Brille und hoher Stirn. Gwendolina sah starr geradeaus, schien mich nicht zu sehen, und ich trat grußlos vom Fenster zurück.

Die drei polterten die schmale Holzstiege hinauf, dann wurde es still. Schließlich kam die Mutter. Ich ließ sie herein. Sie ging sofort in mein Zimmer, und der Rhesus suchte sich im Sessel zu verbergen.

«Das haben Sie ja hübsch gemacht», sagte Frau Lautenschläger, «Sie wollten mit der Tochter dinieren, nun werden Sie mit der Mutter essen. Tragen Sie auf.»

Sie war kampfbereit, wie ich sah.

«Ich setze Sie davon in Kenntnis», sagte sie, «daß meine Tochter zu ihrem Mann und zu ihren Kindern zurückkehren wird. Ich denke, das ist die beste Lösung.»

Das war zwar nicht meine Meinung, aber ich widersprach nicht.

«Ich werde dafür sorgen», fuhr sie fort, «daß Gwendolinas Sachen abgeholt werden, es sei denn, Sie haben Verwendung für diesen Krimskrams. Wir würden Ihnen einen annehmbaren Preis machen.»

«Eine Frage», sagte ich, «ist Ihr Herr Schwiegersohn Lehrer?»

Ich hatte die Neugier einfach nicht unterdrücken können. Frau Lautenschläger ging natürlich nicht darauf ein, was ich an ihrer Stelle ebenfalls nicht getan hätte.

«Wenn überhaupt einer mit Gwendolina fertig wird, ist er es. Mit meiner Hilfe.»

«Frau Lautenschläger», sagte ich, «lieber würde ich mit Ihrer Tochter über diese Dinge sprechen.»

«Sie hat mich beauftragt, Ihnen die Lage zu erklären», schloß sie die Unterhaltung.

Es folgten trübe Tage. Gwendolina ließ sich nicht blikken. Auch den Rhesus brachte sie nicht mehr zu mir, und ich sah keinen Grund, zu ihr zu gehen und Aufklärung zu verlangen. Verstandesmäßig gab ich der Mutter recht, obschon ich tief verletzt war. Übrigens wohnte der Ehemann Gwendolinas bei ihr; ich hätte sie also nicht allein angetroffen. Ein paar Tage lang versuchte ich, Gwendolina auf der Straße abzupassen, aber sie ging mir aus dem Wege.

Ein Möbelwagen kam. Unter der Regie von Frau Lautenschläger, dieser tatkräftigen Mutter, wurden Gwendolinas Sachen verstaut. Die Mutter meldete Gwendolina ab, ich hörte sie durch die Tür mit dem Alten sprechen.

«Ick hab Ihn'n nich uffjefordert, sich zu setzen, junge Frau», sagte Miklaicek.

Den amtlichen Akt, als der Alte den Namen Gwendolinas aus unserem Hausbuch löschte, das Datum eintrug und den Ausweis zurückreichte, konnte ich mir vorstellen.

«Ob der Herr von nebenan den Affen für ein paar Tage behalten würde», fragte Frau Lautenschläger.

«Fraren Se ihn selba», sagte Miklaicek, «wech muß det Vieh, hier is keen zoolorischer Jarten.»

Natürlich behielt ich den Rhesus, Simia rhesus.

Die Villa Tagore hüllte sich in den Blätterregen des Herbstes. Morgens lagen bunte Tupfer auf den Fensterbrettern, der eigentümliche Geruch des Herbstes breitete sich nach feuchten und kühlen Nächten aus. Nur die immergrünen Gewächse veränderten sich nicht. Miklaicek begann die Öfen zu heizen, dick quoll der abziehende Rauch aus den Schornsteinen.

Eines Abends, ich las wie gewöhnlich, notierte und fertigte Karteikarten an, kam Gwendolina. Sie stand in der Tür, die Hände steckten in den Taschen eines Mantels aus flauschigem Stoff, am Halse stand der Kragen hoch, an den Beinen trug sie halbhohe Stiefel.

«Guten Tag, Mister In», sagte sie mit dem heiseren Klang in der Stimme. Ihre tintenblauen Augen hatten wieder die spitzen Lichtflecken. Von der ruhig dastehenden Gestalt ging ein starker Reiz aus, etwas Kindlich-Naives, Ungebrochen-Trotziges.

Mir wurde bewußt, daß Gwendolina nirgendwohin paßte, am wenigsten in ein geregeltes Leben, wie ich es ihr geboten hätte. Ich zog sie herein. Der Stoff des Mantels fühlte sich feucht an. Die Flauschhaare hielten zahllose glitzernde Tauperlen fest.

«Wolltest du Mister Hysteric holen», fragte ich.

Verloren stand sie in meinem Zimmer. Wie besessen hüpfte der Rhesus auf der Couch herum, bis Gwendolina ihn hochnahm und sich an den Hals legte.

«Möchtest du nicht den Mantel ablegen», fragte ich.

Gehorsam setzte sie den Affen wieder auf die Couch, zog den feuchten Mantel aus, den ich auf einen Bügel hängte und in die Diele hinausbrachte.

«Ist der Oldtimer da», fragte sie.

«Nein, aber er wird bald kommen.»

Sie setzte sich, nahe beim Ofen, nahm den Rhesus auf den Schoß und ließ es zu, daß die kleinen Greisenhände des Tieres an ihren Lippen zupften.

«Bist du mir böse», fragte sie, «ich konnte nicht anders. Die haben auf mich eingeredet. Ich habe nette Kinder. Sie sind mir gleichgültig. Meine Mutter hat schon recht, ich bin zu schwach, mir allein etwas aufzubauen.»

Ich dachte mir mein Teil; offensichtlich war unsere moralische Erziehung stärker als unsere Neigung.

«Wo wohnst du jetzt?»

Sie nannte eine Straße in einem Berliner Stadtteil, die ich nicht kannte.

«Ich muß dir etwas sagen, was dich vielleicht enttäuscht», sagte Gwendolina, «ich wäre nie mit dir in diese Neubauwohnung gezogen.»

Sie streichelte den Affen, der genießerisch die Lippen breitzog, wie zu einem Lächeln, und die Augen zusammenkniff.

«Es wäre eine neue Gefangenschaft gewesen», sagte sie leise, «du wärst daran kaputtgegangen. Heinz», ihre Gedanken schienen sich weiter weg zu bewegen, «habe ich auf dem Seminar kennengelernt. Ich wollte oder sollte, was weiß ich, wirklich mal Lehrerin werden. Ich bekam ein Kind, unterbrach die Ausbildung, bekam das zweite Kind, und einer mußte sich wohl opfern. Ich habe meinen Preis gezahlt, finde ich.»

«Wenn du wirklich von ihm weg wolltest», sagte ich, «dann könntest du es auch.»

«Ich weiß», sagte sie, «das ist keine praktische Frage.»

Die Unterhaltung schleppte sich hin.

«Scheiden, heiraten, Kinder, Beruf, wieder scheiden – ich kann einfach den Sinn nicht begreifen», sagte sie mit verzweifeltem Ausdruck, «alle haben irgendeine Hoffnung, du glaubst an Theorien, ich nicht. Sozialismus ist für mich bloß ein Wort, nichts weiter. Entwicklung, zwanzig, dreißig, vierzig Jahre – kommt denn keiner auf den Gedanken, daß so viele Jahre ein ganzes Leben sind? Ich habe doch nur eins. Zwei der größten Menschenfeinde, Furcht und Hoffnung», sagte sie plötzlich, «wer hat das geschrieben? So was weißt du doch», sie richtete den Blick ihrer großen hypnotisierenden Augen auf mich.

«Goethe», sagte ich.

«Okay, Goethe», sagte sie, «heute bleibe ich hier.»

Es wurde eine törichte und bittere Nacht, von der Schwermut des Herbstes. Wir hörten Miklaicek kommen, zu Bett gehen. Er hustete und stöhnte, schlief aber bald darauf ein, mit einem tüchtigen Schnapsrausch, wie ich annahm.

Früh stand Gwendolina auf, stellte sich barfüßig ans Fenster und sah auf die Straße hinaus. Trübes Tageslicht drang in das stark ausgekühlte Zimmer. Sie ging ins Bad. Draußen, Miklaicek war aufgestanden, redeten die beiden, Gwendolina durch die offene Tür des Badezimmers, der Alte von der Küche aus. Ich stand ebenfalls auf, räumte die Betten weg und lüftete. Später, Miklaicek hatte geheizt, erwärmte sich das Zimmer um so schneller. Wir frühstückten.

«Mister In», sagte Gwendolina, «ich habe eine Bitte.»

Es war die erste, und ich schlug sie ihr natürlich nicht ab, was immer sie auch fordern würde.

«Könntest du Mister Hysteric behalten? Nach Hause kann ich ihn nicht bringen. Vielleicht vergißt er mich. Gib ihn, falls du ihn nicht halten kannst, in kein medizinisches Labor, versprich es.»

Ich versprach es.

Nach dem Frühstück zog sie sich den Mantel an, umarmte den Alten heftig und so lange, bis sich ihre Tränen mit seinen vermischten. Mir gab sie bloß die

Hand. Es war das letzte Mal, daß ich ihre knochigen Finger spürte.

«Wohin gehst du jetzt», fragte ich, ahnend, daß sie für immer Abschied nahm.

«Ich weiß nicht», sagte sie.

«Hier kannste immer herkomm'n», sagte der Alte, «ick bin wie'n Bräutijam.»

Wir standen beide am Fenster und sahen ihr nach.

«Da jeht se nu, Jugendfreund», sagte der Alte weich, «mit Ihn'n is aber ooch janischt los.»

«Ja», sagte ich.

«Ick bin uff'n Schrottplatz», sagte er rauh, «machen Se de Öfen zu, wenn Se sonst schon zu nischt jut sind.»

«Herr Miklaicek», sagte ich, «vorläufig werde ich wohl hier wohnen bleiben.»

«Wat ick mir dafür koofe», er rückte seine Mütze, «blei'm Se oder jehn Se, mir is et ejal.»

Allein, ich hatte Hausarbeitstag, begann ich mit der mir geläufigen Arbeit, die mir vorübergehend nutzlos erschien und überflüssig. Aber nach ein paar Stunden stellte sich das Interesse an Geschriebenem wieder ein.

Es ist, denke ich, begreiflich, weshalb Billies Karte an alle diese Aufregungen von damals erinnerte. Miklaicek, er war sehr alt geworden, nicht hinfällig oder gebrechlich, sondern eben nur alt, traf ich in einer Kneipe. Es war ein Zufall. Ich hatte ihn in seiner Wohnung aufsuchen wollen, ging zuerst in die Kneipe, die ich von früher her kannte, und fand ihn dort einsam vor einem Bier sitzend.

«Na, Jugendfreund», sagte er, «wat bring'n Se Schönet? Jutes ha'm Se selten jebracht.»

Der Wirt kam an den Tisch, wir begrüßten uns, er fragte nach diesem und jenem, dann mußte er sich um andere Gäste kümmern.

Der Alte ging neben mir in unsere alte Straße.

«Also, Se ha'm nischt herausjebracht, wat?»

«Doch», sagte ich, «Frau Lautenschläger hat geantwortet. Sie schrieb mir die letzte Anschrift Billies. Dorthin habe ich mich auch gewendet. Der Brief kam zurück, unbekannt verzogen.»

Ich hielt dem Alten den Brief hin, er nahm ihn und schob ihn gleichgültig in die Tasche seines Kordjacketts.

«Wissen Se», sagte er, «ick hab imma 'ne hohe Meinung von uns jehabt. Et kann doch nich eener einfach verschütt jeh'n? Wat mein' Sie?»

«Herr Miklaicek», sagte ich, «ich habe mir die Angelegenheit wieder und wieder durch den Kopf gehen lassen. Natürlich ließe sich mit einiger Mühe herauskriegen, wo Gwendolina abgeblieben ist, aber was haben wir davon? Wir rühren nur die alten Geschichten wieder auf. Das Beste, das uns bleibt, ist doch die Erinnerung.»

Eigensinnig schüttelte der Alte den Kopf.

«Ihre Jroßvataweisheit in all'n Ehr'n, Jugendfreund, mir schmeckt det nich. Ick wer mal die Sache selba in'ne Hand nehm'n. Wat heißt eigentlich Mister In?»

«Eine Phrase», sagte ich, «immer auf dem laufenden sein, durch nichts Besonderes auffallen, immer tun, was andere zur Norm erklären; es war ein Scherz und ist kaum zu übersetzen.»

«Sie ha'm et aba janz jut übasetzt.»

Er verabschiedete sich vor der Gartentür der Villa Tagore.

Seit Billie an dem Morgen gegangen war, hatte ich nur noch einmal von ihr gehört. Ihr Mann erschien überraschend und teilte mit, daß sie spurlos verschwunden sei. Herr Friedrichs sprach schnell, jeden Satz mit einem ruckhaften Heben des Kopfes beendend, so daß ich mehrmals versucht war, seinen Kopf festzuhalten. Herr Friedrichs machte einen nervösen, streitsüchtigen Eindruck, er schien mir krank oder erschöpft. Auf meine Frage erklärte er, es handele sich um einen unkontrollierten Reflex. Eine weitere Eigentümlichkeit fiel mir auf: in der Erregung wiederholte er den Anfangsvokal eines Wortes.

«Ihr A-affe ist ja noch da», sagte er, auf den Rhesus deutend.

«Und er wird auch hier bleiben», sagte ich, «Ihre Frau hat ihn mir geschenkt.»

Seine Augen funkelten böse. «I-ich will auch nicht den A-affen, sondern meine Frau. Seit sie hier war, um a-angeblich das Tier zu holen, ist sie verschwunden. Wo ist sie?»

Ein Stottern war es nicht, eben Erregung. Irgendwie tat mir der Mann leid.

«Suchen Sie», riet ich.

Den Rhesus konnte ich nicht behalten. Solange Billie in der Villa Tagore lebte, hatte sie das Tier wohl gelegentlich bei mir abgegeben, aber der Affe wußte anscheinend genau, daß sie wiederkam. Jedenfalls stellte er nach einigen Wochen die Nahrungsaufnahme ein, magerte ab, wurde schwächer und lag bald nur noch unter einer Decke auf der Couch, leise klagend. Miklaicek meinte, es wäre besser, ihn wegzugeben, wozu ich mich nur schwer entschließen konnte.

Ich fuhr zu einem Tierarzt, der mich als erstes mit der Bemerkung verblüffte, der Rhesus sei kein Männchen, sondern eine Dame, eine recht betagte Jungfer sogar. Der Rhesus saß auf dem weißen Tisch und ließ sich Brust und Rücken abhorchen. Eine Krankheit konnte der Veterinär nicht feststellen.

«Wie heißt das Tier», fragte er.

«Mister Hysteric», sagte ich, «es ist eine lange Geschichte, und ich habe keine Lust, sie Ihnen zu erzählen.»

«Sie können ihn nicht halten», sagte der Tierarzt, «Affen haben ein kompliziertes Naturell, wir wissen noch recht wenig über die Verhaltensweisen dieser Tiere. Überlassen Sie mir den Rhesus, nennen Sie einen vernünftigen Preis.»

Ich sagte ihm, daß ich Mister Hysteric nicht verkaufen werde.

«Ohne Affengesellschaft geht das Tier ein», sagte der Mann sachlich.

Ich schenkte ihm den Affen, machte aber zur Bedingung, daß Mister Hysteric nicht für Tierversuche verwendet werden dürfe.

«Ich verstehe», sagte der Tierarzt, «dazu wollte ich ihn auch nicht haben.»

Ich bin nie versucht gewesen, nachzuforschen, wo der Rhesus geblieben ist, beauftragte aber Miklaicek, noch einmal den Tierarzt aufzusuchen. Ich hörte, daß Miss Hysteric, wie es wohl richtig heißen muß, in einen Tierpark gebracht worden war.

Von Billie hörte ich, wie gesagt, noch weniger, aber ich hoffe, sie kam an in ihrem Sehnsuchtsland Nirgendwo.

# Inhalt